Le Cas étrange du Dr Jekyll et de M. Hyde

La littérature anglo-saxonne
dans la même colletion

BRADBURY, *L'Heure H et autres nouvelles*
L'Homme brûlant et autres nouvelles
CARROLL (Lewis), *Alice au pays des merveilles*
CONAN DOYLE, *Le Dernier Problème. La Maison vide*
Trois Aventures de Sherlock Holmes
DEFOE, *Robinson Crusoé*
POE, *Le Chat noir et autres contes fantastiques*
Double Assassinat dans la rue Morgue. La Lettre volée
SHAKESPEARE, *Roméo et Juliette*
STEVENSON, *Le Cas étrange du Dr Jekyll et de M. Hyde*
L'île au trésor

Illustrations de Joëlle Jolivet
Flammarion, Paris, 1998
ISBN : 2-08-072084-8
ISSN : 1269-8822

R.L. STEVENSON

Le Cas étrange du Dr Jekyll et de M. Hyde

Traduction de Théo Varlet

Présentation, notes,
chronologie, dossier-lecture
et dossier-jeu
par Loïc Marcou

ÉTONNANTS CLASSIQUES

GF Flammarion

Sommaire

Le Cas étrange du Dr Jekyll et de M. Hyde

ROBERT LOUIS STEVENSON EN 1885

Lorsqu'en 1885 il met en chantier son chef-d'œuvre,

Le Cas étrange du Dr Jekyll et de M. Hyde, Robert Louis Stevenson traverse sans doute la période la plus heureuse et la plus féconde de sa vie. Marié depuis 1880 à Fanny Osbourne, une Américaine divorcée et mère de deux enfants, sa situation personnelle s'est – au regard de sa jeunesse tumultueuse, marquée par l'expérience de la bohème – considérablement améliorée. Après avoir vaincu la réticence de ses proches qui jugeaient d'un fort mauvais œil sa liaison avec une « étrangère » plus âgée que lui (Fanny a quarante ans lors de son second mariage), Stevenson connaît une période de sérénité propice au travail. Installé depuis le mois de juillet 1884 à Bournemouth, sur la côte sud de l'Angleterre, le jeune homme a fait de son charmant cottage de Skerryvore un cénacle [1] où se pressent anciens et nouveaux amis : Henry James, un écrivain américain, avec lequel il entretiendra sa vie durant une abondante et fructueuse correspondance ; Robert Alain Stevenson (dit « Bob »), son cousin, qui deviendra un

1. *Cénacle* : petite réunion d'hommes de lettres, d'artistes ou de philosophes.

critique d'art éminent ; Sidney Colvin, son mentor, qui le guidera dans sa carrière d'homme de lettres ; William Henley, un écrivain valétudinaire [1], avec lequel il écrira quatre pièces de théâtre... Mieux, après avoir renoncé à la profession d'ingénieur que souhaitait lui voir prendre sa famille (Thomas et Robert Stevenson, respectivement père et grand-père de l'écrivain, furent tous deux bâtisseurs de phares) et après avoir mis un terme à ses études de droit, le jeune homme a enfin trouvé sa voie et peut désormais se consacrer entièrement à la littérature. Auteur de nombreux essais, de nouvelles et de récits de voyages, Stevenson est en 1885 un écrivain à la mode, connu notamment grâce au succès obtenu par *L'Île au trésor*, roman d'aventures qu'il a publié en 1883 et qui a été plébiscité par la critique et le grand public.

Dans cette période d'accalmie et de bonheur, l'auteur connaît cependant (comme toujours au cours de son existence mouvementée) des problèmes de santé persistants. Atteint depuis sa plus tendre enfance d'une tuberculose qu'a sans doute favorisée le climat rigoureux de l'Écosse, son pays natal, l'écrivain ne parvient pas à échapper à l'emprise de sa terrible maladie. Malgré les nombreux voyages entrepris dans des contrées favorables à sa médiocre santé (en France, où il rencontre en 1876 sa future femme ; aux États-Unis où il voyage de 1879 à 1880 et où il se marie ; à Davos, en Suisse, où il séjourne quelque temps en 1881), Stevenson mène

1. *Valétudinaire* : de santé précaire.

toujours l'existence recluse d'un homme malade : il crache le sang régulièrement, fait de perpétuels cauchemars et doit constamment se faire soigner par Fanny, en qui il trouve une épouse tendre et une infirmière dévouée.

LE CAUCHEMAR D'UNE NUIT D'ÉTÉ

C'est au cours d'un de ces cauchemars, par une belle nuit d'été 1885,

que Stevenson conçoit *Le Cas étrange du Dr Jekyll et de M. Hyde*. Pressé par son éditeur qui, au début de l'année 1885, lui a avancé la coquette somme de cent cinquante livres et qui, soucieux de rentrer dans ses fonds, souhaite lui voir écrire un *shilling shocker* (une œuvre à sensation qui gagnerait les faveurs du public), l'écrivain rêve en quelque sorte sur commande. Il est malheureusement interrompu au cours de sa rêverie par sa femme, que son agitation et ses cris ont inquiétée. « Pourquoi m'as-tu réveillé ? », lui demande-t-il alors sur un ton de reproche ; « je rêvais d'un joli conte de terreur [1] »...

---

1. On doit cette anecdote entièrement véridique à Fanny Van de Grift-Stevenson, la femme de R. L. Stevenson (*in* « Le cauchemar d'où naquit M. Hyde », trad. de Charles-Noël Martin, *Œuvres de Stevenson*, éd. Robert Laffont, collection « Bouquins », 1984, p. 1100).

Une récente crise d'hémoptysie [1] ayant contraint l'écrivain à garder la chambre, celui-ci se lance à corps perdu dans l'écriture du conte entrevu en rêve et se met à noircir des pages qui procèdent du cauchemar interrompu. Lors de la séance de lecture qui suit les trois jours consacrés à la rédaction de la première mouture du *Cas étrange*, les réactions de l'entourage de Stevenson sont mitigées : Lloyd Osbourne, son beau-fils, ne peut dissimuler son admiration ; quant à Fanny, son épouse, elle a peine à retenir ses réserves. Une violente dispute éclate alors entre Stevenson et cette dernière : excédé par les critiques de Fanny, l'écrivain claque violemment la porte avant de donner raison à sa femme et de jeter au feu son manuscrit. Trois jours plus tard, Stevenson rédige une seconde version de son œuvre, qu'il soumet de nouveau à l'approbation de sa femme. Cette fois-ci, le jugement est beaucoup plus positif : Fanny est sûre du succès de l'ouvrage ! Malgré sa santé défaillante, Stevenson ne consacre pas moins de six mois à peaufiner son texte. En janvier 1886, *Le Cas étrange du Dr Jekyll et de M. Hyde* sort enfin en librairie, publié par les soins de l'éditeur Longmans. Le succès que connaît le livre est rapide : dès le mois de juin 1886, quarante mille exemplaires de l'ouvrage sont vendus au Royaume-Uni.

Un siècle plus tard, le succès connu par le texte de Stevenson ne se dément pas. Véritable « best-seller », *Le Cas étrange du Dr Jekyll et de M. Hyde* a été traduit dans de très nombreuses langues, a fait l'objet de réécritures

1. *Hémoptysie* : crachements de sang provoqués par la tuberculose.

et a suscité de nombreuses adaptations cinématographiques dont il est difficile de donner une liste complète. Parmi les films les plus connus s'inspirant de cette œuvre, citons, entre autres, celui de Murnau (*Der Januskopf*, 1920), celui de Spencer Tracy, avec Lana Turner et Ingrid Bergman (*Dr Jekyll and Mr Hyde*, 1941), *Le Testament du docteur Cordelier* de Jean Renoir (1959) ou, plus proche de nous, *Mary Reilly* de Stephen Frears (1995), film tiré d'un roman de l'auteur américain Valérie Martin, lui-même réécriture du *Cas étrange*. Preuve de son succès et de sa longévité, le texte de Stevenson a aussi été mis en musique : en 1979, Serge Gainsbourg lui a consacré une chanson intitulée « Docteur Jekyll et Monsieur Hyde ». Né d'un mauvais rêve, *Le Cas étrange du Dr Jekyll et de M. Hyde* est devenu l'un des livres les plus lus de la littérature mondiale !

UN ROMAN POLICIER ?

Comme l'indique son titre, le conte de Stevenson s'apparente à un récit d'investigation policière.

Alarmé par l'état de santé inquiétant de son ami de longue date, le Dr Jekyll, qu'il croit soumis à la mauvaise influence d'Edward Hyde, un être diabolique recherché par toutes les polices du Royaume-Uni, le notaire Utterson décide de jouer les apprentis détectives.

Arpentant les rues de Londres à la recherche du moindre indice qui pourrait le mettre sur la piste de l'étrange M. Hyde, le criminel avec qui il joue une partie de cache-cache (selon le jeu de mots révélé dans le chapitre II [1]), Utterson est amené au cours de son enquête à résoudre plusieurs énigmes en une. Pourquoi le Dr Jekyll a-t-il décidé de mener une vie recluse et de fermer sa porte à ses anciens amis ? Pour quelles raisons obscures s'est-il entiché de M. Hyde ? Partant, quels liens troubles l'unissent à ce personnage peu recommandable, dont il a eu la bizarrerie de faire son héritier ? Appliquant la méthode déductive inventée par Sherlock Holmes – le célèbre détective du 221 Baker Street, toujours secondé dans les nouvelles de Conan Doyle par son faire-valoir, le Dr Watson –, Utterson réussit peu à peu, grâce à l'aide de son cousin Richard Enfield, à dévider l'écheveau du drame complexe qui s'est noué sous ses yeux : dans le chapitre VIII, notre fin limier croit même avoir gagné la partie en constatant le décès de Hyde. Pourtant, son enquête n'aboutit en apparence que pour mieux échouer en réalité. C'est que, prisonnier de son esprit trop rationnel ou peu expert en psychologie humaine, le bon notaire n'a pas compris que l'honorable Dr Jekyll et le détestable M. Hyde ne font qu'un. Il faudra, en dernier ressort, la confession du Dr Lanyon et l'exposé final de l'infortuné Jekyll pour dessiller le notaire-détective. N'est pas Sherlock Holmes qui veut !

---

1. Cf. note 1, p. 48.

Reprenant certaines conventions du récit d'investigation, *Le Cas étrange du Dr Jekyll et de M. Hyde* dépasse assez largement le cadre étroit du roman policier. Dès le début du conte, le lecteur comprend qu'il n'a pas affaire à une enquête traditionnelle. Tout d'abord parce que Hyde n'est pas un criminel ordinaire, un tueur en série ou un psychopathe à la manière de Jack l'Éventreur, le plus célèbre criminel de l'époque victorienne à qui on l'a souvent comparé. La différence entre le personnage de fiction (M. Hyde) et le personnage historique (Jack l'Éventreur), dont les crimes sont postérieurs à la publication de l'œuvre de Stevenson, est pour le moins frappante : alors que l'assassin du quartier de Whitechapel tuait des prostituées avant de prendre la poudre d'escampette, Hyde, lui, commet bel et bien plusieurs délits, mais il ne tue qu'une seule fois, et sa victime – loin d'être une femme – est un député respectable et chenu du nom de sir Danvers Carew…

Il existe, dans le conte de Stevenson, une autre différence de taille avec le roman policier traditionnel : l'absence de motivations des gestes de Hyde, qui semblent dépourvus de tout mobile apparent. En parcourant le récit de l'écrivain écossais, le lecteur ne peut en effet manquer de s'interroger sur le mobile des actes de ce personnage : pour quelles raisons troubles ce dernier foule-t-il aux pieds une fillette (chapitre I) ; pourquoi s'en prend-il à un gentleman vieillissant et inoffensif (chapitre IV) puis – comme le révélera le Dr Jekyll – à une marchande d'allumettes (chapitre X) ? Pour assouvir une vengeance personnelle, mais envers qui ? Par simple volonté de faire le mal ? Autant de questions qui restent sans réponse…

UN CONTE ÉTRANGE

Le caractère obscur, proprement incompréhensible des gestes de Hyde

oriente l'œuvre de Stevenson vers une autre piste que celle de la nouvelle policière : celle du conte fantastique, qui fait naître un climat d'« inquiétante étrangeté ». Dans *Le Cas étrange du Dr Jekyll et de M. Hyde*, le sentiment d'étrangeté provient essentiellement du halo de mystère qui enveloppe la personnalité ténébreuse d'Edward Hyde. Dans le texte, le lecteur reçoit en effet fort peu d'informations sur le compte de ce personnage. S'il sait que Hyde est plutôt courtaud alors que Jekyll est de bonne taille, que sa main est « maigre, noueuse, à veines saillantes, d'une pâleur terreuse et revêtue d'une épaisse pilosité » (alors qu'en comparaison la main du docteur est « grande, ferme, blanche et lisse »), le lecteur ignore à peu près tout du physique et du caractère de ce personnage, de même qu'il ignore (dans les huit premiers chapitres tout du moins) la nature de ses relations avec le Dr Jekyll. Il sait en tout et pour tout que cet homme sans visage et sans état civil, qui résiste à toute description en bonne et due forme, dégage une impression d' « indéfinissable difformité » et qu'il a, aux dires de tous ceux qui croisent sa route, un « air remarquablement mauvais » propre à inspirer un sentiment de vive répulsion. Ce flou artistique qui règne en permanence autour de la personne de M. Hyde confère à la nouvelle de Stevenson une dimension inquiétante. Si, comme on l'a souvent dit, l'univers du romancier écossais est terrifiant, angoissant, c'est bien parce que ce dernier décrit moins qu'il ne suggère, laissant libre cours à l'imagination de son lecteur et, ce faisant, créant une esthétique tout en demi-teintes, où le non-dit joue un rôle essentiel.

Dans le conte de Stevenson, Hyde n'est pas le seul personnage inquiétant ou ténébreux. Un épais mystère entoure la plupart des personnages qui interviennent dans le cours de l'histoire, depuis le parent du notaire, Richard Enfield (qui déambule curieusement dans les rues de Londres à trois heures du matin), jusqu'au Dr Lanyon (étrangement miné par un mal inconnu, dont il mourra), en passant bien sûr par le Dr Jekyll, dont les plaisirs « peu relevés » auxquels il avoue s'adonner dans sa confession (chapitre X) et les péchés de jeunesse – qu'il tient à expier par sa vie de solitaire endurci – ne font l'objet d'aucune explication. Tous ces secrets qui enveloppent les faits et gestes des personnages principaux ou secondaires contribuent à faire du *Cas étrange* un texte… étrange, dont l'histoire a significativement pour toile de fond une Londres ténébreuse, labyrinthique, perpétuellement noyée dans des nappes de brume et des halos de mystère.

LE DOUBLE : DE L'EXPÉRIENCE VÉCUE AU MYTHE PERSONNEL

L'impression de mystère est renforcée dans le conte par le thème obsédant du double.

Ce thème, exploité à de nombreuses reprises dans la littérature romantique et fantastique du XIXe siècle, occupe une place de choix dans l'œuvre et la mythologie personnelle de Robert Louis Stevenson. Comme son personnage, le Dr Jekyll, intimement persuadé qu'en tout homme cohabitent deux êtres – l'un bon, l'autre mauvais –, l'écrivain écossais a souvent fait l'expérience au cours de son existence de la « double nature de l'homme ». Profondément influencé par la religion calviniste (qui établit une séparation très nette entre le Bien et le Mal), l'auteur a été, aux dires de ses biographes, partagé très tôt entre une mentalité austère et puritaine, héritée de ses parents, et un tempérament exubérant qui l'a conduit à faire les quatre cents coups au cours d'une jeunesse frondeuse et orageuse. La maladie, que Stevenson côtoie depuis son plus jeune âge, explique aussi sa fascination pour le thème du double : atteint d'un mal qui faisait alterner chez lui des périodes de bonne santé relative et des moments d'intense douleur physique, l'auteur n'a-t-il pas été sujet, comme le Dr Jekyll, à des crises de dédoublement de la personnalité ?

Chez Stevenson, l'épreuve du dédoublement ne se réduit pas cependant à l'état d'expérience vécue. C'est un thème littéraire qui l'a toujours vivement intéressé. En 1880, alors qu'il n'était encore qu'un jeune écrivain, Stevenson avait déjà exploité ce thème dans une pièce de théâtre intitulée *Le Diacre Brodie*, qui mettait en scène un personnage menant une double vie, ébéniste (le jour) et cambrioleur (la nuit). Par la suite, l'auteur devait revenir assez largement sur ce thème, lui qui pensait que l'œuvre littéraire est à la fois le produit d'un travail conscient et d'un travail inconscient, au cours duquel l'écrivain est assisté par quelques *brownies*, petites créatures ou démons familiers l'aidant dans son activité créatrice. Dans *Markheim*, conte publié en 1885, Stevenson avait mis en scène un criminel en proie à un dédoublement de personnalité et dialoguant, après son forfait, avec un étrange visiteur, qui pourrait fort bien être le diable. Dans un essai publié en 1888 et intitulé « Un chapitre sur les rêves », l'auteur avait en outre écrit : « J'essayais depuis longtemps d'écrire une histoire sur ce sujet, de trouver un corps, un véhicule pour ce sentiment puissant de la dualité humaine qui par moments assaille et submerge l'esprit de toute créature pensante [1]... »

1. R. L. Stevenson, « A chapter on dreams », *Scribner's Magazine*, 1888. Texte traduit par F. M. Watkins et M. Le Bris, *in Stevenson, Essais sur l'art de la fiction*, édition établie et présentée par Michel Le Bris, La Table ronde, Paris, 1988, p. 365.

LE CAS ÉTRANGE : UN RÊVE PRÉMONITOIRE ?

Souvent exploité par l'écrivain, le thème du double n'est nulle part mieux traité que dans *Le Cas étrange du Dr Jekyll et de M. Hyde*. Présentant de nombreuses similitudes avec la nouvelle d'investigation policière et le récit fantastique, mettant en scène des personnages représentatifs des deux genres (le détective et le criminel d'un côté ; le savant fou et le monstre malfaisant de l'autre), le conte de Stevenson doit se lire avant tout comme une fable illustrant la dualité profonde de la nature humaine et annonçant, de façon prémonitoire, les découvertes de la fin du XIXe siècle sur le psychisme humain. Obsédé par l'idée que l'homme est à la fois ange et démon, bon et malfaisant, et découvrant – au moyen d'une mixture de sa composition – les moyens d'un dédoublement physique, le Dr Jekyll pourrait bien être une sorte de père de la psychanalyse moderne… Quant au personnage de Hyde il représenterait, lui, symboliquement, notre « démon familier », autrement dit la part d'ombre et de bestialité qui sommeille en chacun de nous.

Il n'est pas inintéressant de constater qu'au moment où Stevenson rédige *Le Cas étrange du Dr Jekyll et de M. Hyde* – et couche sur le papier ce qui à l'origine n'était qu'un mauvais rêve –, la science fait de notables progrès dans la compréhension de la personnalité humaine. De 1873 à 1884, le Dr Charcot publie le résultat de ses travaux sur l'hystérie et l'hypnose dans ses *Leçons sur les maladies du système nerveux*. En 1885, c'est à la Salpêtrière, dans le service de cet éminent psychiatre, qu'un jeune étudiant autrichien, du nom de Sigmund Freud, vient prendre des cours, avant de s'installer comme praticien à Vienne… l'année même où Stevenson publie *Le Cas étrange du Dr Jekyll et de M. Hyde* (1886) ! Ces coïncidences, pour le moins troublantes, ne sont pas le seul fruit du hasard. Situé « à la croisée des chemins », au carrefour du récit policier et du conte fantastique, *Le Cas étrange* annonce bel et bien les théories élaborées par Freud sur le psychisme humain et notamment ses recherches sur l'inconscient. Tel est en tout cas ce que tend à montrer l'exposé final du Dr Jekyll, aux accents étonnamment prophétiques : « De jour en jour, […] je me rapprochai donc peu à peu de cette vérité […] : à savoir que l'homme n'est pas en réalité un, mais bien deux. Je dis deux, parce que l'état de mes connaissances propres ne s'étend pas au-delà [1]. » Ce n'est pas le moindre intérêt du conte de Stevenson que d'avoir transformé un simple cauchemar en chef-d'œuvre et d'avoir fait d'un texte littéraire un rêve prémonitoire d'une des découvertes les plus importantes des sciences humaines à la fin du XIXe siècle. N'est-ce pas là la preuve que la fiction peut parfois annoncer la réalité et la réalité rejoindre la fiction ?

1. Cf. chapitre X, p. 108.

CHRONOLOGIE

REPÈRES HISTORIQUES ET CULTURELS

VIE ET ŒUVRE DE L'AUTEUR

1850
1894

REPÈRES HISTORIQUES ET CULTURELS

1837-1901	Règne de la reine Victoria (Grande-Bretagne). Début de la période « victorienne » qui se caractérise sur le plan moral par une profonde austérité et sur le plan religieux par un très grand puritanisme.
1840	Edgar A. Poe, écrivain américain, publie *Histoires extraordinaires.*
1843	Naissance du romancier et critique américain Henry James, qui sera l'un des plus fidèles amis de R. L. Stevenson.
1848	En France, avènement de la IIe République.
1849	Mort de l'écrivain américain Edgar Allan Poe.
1851	Mort de la romancière anglaise Mary Shelley, auteur de *Frankenstein ou le Prométhée moderne.*
1852-1870	En France, période du second Empire.
1859	Naissance de l'écrivain britannique Arthur Conan Doyle, l'auteur des aventures de Sherlock Holmes.

VIE ET ŒUVRE DE L'AUTEUR

1850 13 novembre : naissance à Édimbourg (Écosse) de Robert Louis Stevenson. Son père, Thomas Stevenson, est ingénieur et bâtisseur de phares. Sa mère, Margaret Balfour, est fille d'un pasteur calviniste.

1859 R. L. Stevenson entre à l'école mais ses études sont chaotiques en raison de sa santé défaillante. Heureusement, Alison Cunnigham (dite « Cummy » ou « Cummie »), sa nourrice, veille sur lui et l'influence par ses lectures de la *Bible*, de récits d'aventures ou de cape et d'épée. R. L. Stevenson lui vouera toujours une profonde affection et lui dédiera son recueil de poèmes *Jardin de poèmes enfantins*.

1862-1863 R. L. Stevenson voyage avec ses parents en Allemagne, puis sur la côte d'Azur, dont le climat est favorable à sa santé chancelante. Le jeune homme compose une revue manuscrite, *The Schoolboy's Magazine*, dans laquelle il recopie des récits d'aventures exotiques.

1866 R. L. Stevenson publie une deuxième revue. Son père fait publier à ses frais *La Révolte du Pentland*, le premier roman de Robert Louis.

1867 R. L. Stevenson est inscrit à l'université d'Édimbourg pour devenir ingénieur mais ses études ne le passionnent guère. Sous l'influence

REPÈRES HISTORIQUES ET CULTURELS

1870 Guerre entre la France et la Prusse. Défaite de Sedan. Début de la IIIe République (France).

En Grande-Bretagne, l'enseignement primaire est généralisé (*Education Act*).

1871 En Grande-Bretagne, reconnaissance des syndicats.

1873-1884 Le Dr Charcot, père de la psychiatrie, publie le résultat de ses travaux sur l'hystérie et l'hypnose dans ses *Leçons sur les maladies du système nerveux.*

1877 Victoria sacrée impératrice des Indes.

de son cousin Robert Alain Stevenson (dit « Bob »), il mène en réalité une vie de bohème et scandalise sa famille par ses multiples frasques.

1871 R. L. Stevenson abandonne sa carrière d'ingénieur pour se consacrer à des études de droit.

1873 En janvier, R. L. Stevenson annonce à son père, un puritain passionné, qu'il a perdu la foi : c'est le début d'une grave crise familiale. Pendant l'été, il se lie d'amitié avec Sidney Colvin, un professeur d'histoire de l'art à l'université de Cambridge, qui l'introduit dans les milieux littéraires. La décision de Robert Louis est prise : il sera écrivain. En novembre, le jeune homme s'embarque pour la France : il passera l'hiver à Menton pour soigner une maladie pulmonaire dont il souffrira toute sa vie.

1876 R. L. Stevenson est chassé du domicile parental à la suite d'un violent conflit avec son père ; il est recueilli par son ami intime, l'écrivain William Henley, avec lequel il écrira quatre pièces de théâtre, dont *Le Diacre Brodie*, sur un sujet très proche du *Cas étrange*. Pendant l'été, Robert Louis se rend en France. Près de Fontainebleau, il fait la rencontre de Fanny Osbourne, une Américaine de trente-six ans, mariée et mère de deux enfants : c'est le coup de foudre et le début d'une relation qui ne se terminera qu'à la mort de Stevenson.

1877-1879 Son amour pour Fanny, qui vit à Montmartre, pousse Robert Louis à vivre plus souvent à Paris qu'à Édimbourg. En 1879, l'écrivain rejoint Fanny en Californie, où il est de nouveau gravement malade (pleurésie). Publication de récits de voyages : *Voyage sur les canaux et les rivières* (1878), *Voyage avec un âne dans les Cévennes* (1879).

1880 En mai, Robert Louis Stevenson se marie avec Fanny Osbourne à San Francisco. Retour en Angleterre au mois d'août.

REPÈRES HISTORIQUES ET CULTURELS

1885 Sigmund Freud, le futur père de la psychanalyse, suit les cours du Dr Charcot, à l'hôpital de la Salpêtrière, à Paris.

1886 Sigmund Freud s'installe comme praticien à Vienne (Autriche).

Conan Doyle écrit *Une étude en rouge*, premier récit où apparaît le personnage de Sherlock Holmes, mais le manuscrit est refusé par de nombreux éditeurs.

1888 Le criminel Jack l'Éventreur sème la terreur dans le quartier de Whitechapel, à Londres, en assassinant sauvagement plusieurs prostituées.

VIE ET ŒUVRE DE L'AUTEUR

1881-1882 Séjours en Suisse ou en France (Marseille, Nice), toujours pour des raisons de santé. Publication des *Nouvelles Mille et Une Nuits* (recueil de nouvelles).

1883 Publication de *L'Île au trésor*, un roman d'aventures qui rencontre un très grand succès.

1884 Fanny et Robert Louis s'installent à Bournemouth, sur la côte sud de l'Angleterre, dans le cottage de « Skerryvore ». Ils reçoivent la visite de Sidney Colvin, de l'écrivain américain Henry James, de Robert Alain Stevenson, le cousin de Robert Louis, de Katharine de Mattos, sa cousine, etc. Période de sérénité propice au travail..

1885 R. L. Stevenson publie de nombreuses œuvres : *Le Prince Othon*, *Jardin de poèmes enfantins* (recueil de poèmes), la suite des *Nouvelles Mille et Une Nuits* (nouvelles). Pendant l'été, il conçoit *Le Cas étrange du Dr Jekyll et de M. Hyde* au cours d'une nuit de cauchemar ; la première version de l'œuvre a été détruite. Six mois seront nécessaires à la rédaction complète du texte.

1886 En janvier, publication du *Cas étrange du Dr Jekyll et de M. Hyde* (l'œuvre remporte un immense succès). Publication d'*Enlevé !* (roman).

1887 Mort de Thomas Stevenson, père de l'écrivain. Les Stevenson quittent l'Angleterre pour l'Amérique.

1888-1890 Départ des Stevenson pour le Pacifique. Ils séjourneront successivement aux Marquises, à Tahiti, Hawaii, aux îles Gilbert, dans l'archipel de Samoa (où ils se font construire une maison), puis en Australie et en Nouvelle-Calédonie. En octobre 1890, installation définitive aux îles Samoa, dans la résidence de Vailima (« la maison des cinq rivières »).

REPÈRES HISTORIQUES ET CULTURELS

1891	L'écrivain britannique Oscar Wilde publie *Le Portrait de Dorian Gray* (texte fantastique).
1893	Mort du Dr Charcot (France).
1896	L'écrivain britannique H. G. Wells publie *L'Île du docteur Moreau.*
1897	L'écrivain irlandais Bram Stoker publie *Dracula* (texte fantastique).
1898	L'écrivain américain Henry James publie *Le Tour d'écrou* (texte fantastique).
1899-1900	Freud publie *L'Interprétation des rêves,* l'un de ses premiers traités de psychanalyse.
1901	Mort de la reine Victoria.

VIE ET ŒUVRE DE L'AUTEUR

Durant cette période, celui que les indigènes surnomment Tusitala (« celui qui raconte des histoires ») écrit de nombreuses œuvres : *Le Maître de Ballantrae, Un mort encombrant*, etc.

1890-1894 La verve créatrice de R. L Stevenson ne se tarit pas : l'auteur publie notamment *Le Trafiquant d'épaves* (1891), *À travers les plaines* (1891), *Catriona* (la suite d'*Enlevé !*), *Veillées des îles* (contes des mers du Sud, 1893). En 1893, lors de la guerre civile qui éclate aux îles Samoa, R. L. Stevenson prend fait et cause pour les indigènes contre les abus de pouvoir d'un baron allemand, gouverneur de l'archipel : les habitants de Samoa lui en seront éternellement reconnaissants.

1894 Le 3 décembre, Stevenson meurt d'une crise d'apoplexie ; il est enterré aux îles Samoa, en haut du mont Vaea.

Note sur le titre original :
The Strange Case of Dr Jekyll and Mr. Hyde, on remarquera que le mot anglais « *case* » est ambigu puisqu'il désigne une affaire qui relève à la fois de l'investigation policière (*case* = affaire) et de l'investigation psychologique (*case* = cas, au sens psychanalytique du terme).

Le Cas étrange du Dr Jekyll et de M. Hyde

À Katharine de Mattos [1]

Malheur à qui vient rompre les liens tissés par Dieu ;
Soyons toujours enfants du vent et des bruyères ;
Car même loin du pays, c'est toujours pour nous deux
Que le genêt fleurit au nord de l'Angleterre.

1. Katharine de Mattos, née Stevenson, était la cousine de Robert Louis Stevenson ; elle fréquenta beaucoup le domaine de Skerryvore, à Bournemouth (voir Présentation). Profondément obscure, cette dédicace n'invite-t-elle pas l'homme à se défier du péché d'orgueil qui le conduirait à rivaliser avec Dieu dans son entreprise démiurgique ? Tel est en tout cas ce que semble suggérer le premier vers de ce quatrain assez sibyllin.

I
À propos d'une porte

M. Utterson le notaire était un homme d'une mine renfrognée, qui ne s'éclairait jamais d'un sourire ; il était d'une conversation froide, chiche et embarrassée ; peu porté au sentiment ; et pourtant cet homme grand, maigre, décrépit et triste, plaisait à sa façon. Dans les réunions amicales, et quand le vin était à son goût, quelque chose d'éminemment bienveillant jaillissait de son regard ; quelque chose qui à la vérité ne se faisait jamais jour en paroles, mais qui s'exprimait non seulement par ce muet symbole de la physionomie d'après-dîner, mais plus fréquemment et avec plus de force par les actes de sa vie. Austère envers lui-même, il buvait du gin [1] quand il était seul pour réfréner son goût des bons crus ; et bien qu'il aimât le théâtre, il n'y avait pas mis les pieds depuis vingt ans. Mais il avait pour les autres une indulgence à toute épreuve ; et il s'émerveillait parfois, presque avec envie, de l'intensité de désir réclamée par leurs dérèglements ; et en dernier ressort, inclinait à les secourir plutôt qu'à les blâmer. « Je penche vers l'hérésie des caïnites [2], lui arrivait-il de dire pédamment. Je laisse mes frères aller au diable à leur propre façon. » En

1. *Gin* : eau-de-vie de grains fabriquée dans les pays anglo-saxons.
2. *Caïnites* : au IIe siècle, membres d'une secte qui considérait comme saints Caïn (meurtrier de son frère Abel) et d'autres personnages peu recommandables de la Bible.

vertu de cette originalité, c'était fréquemment son lot d'être la dernière relation avouable et la dernière bonne influence dans la vie d'hommes en voie de perdition. Et à l'égard de ceux-là, aussi longtemps qu'ils fréquentaient son logis, il ne montrait jamais l'ombre d'une modification dans sa manière d'être.

Sans doute que cet héroïsme ne coûtait guère à M. Utterson ; car il était aussi peu démonstratif que possible, et ses amitiés mêmes semblaient fondées pareillement sur une bienveillance universelle. C'est une preuve de modestie que de recevoir tout formé, des mains du hasard, le cercle de ses amitiés. Telle était la méthode du notaire. Il avait pour amis les gens de sa parenté ou ceux qu'il connaissait depuis le plus longtemps ; ses liaisons, comme le lierre, devaient leur croissance au temps, et ne réclamaient de leur objet aucune qualité spéciale. De là, sans doute, le lien qui l'unissait à M. Richard Enfield son parent éloigné, un vrai Londonien honorablement connu. C'était pour la plupart des gens une énigme de se demander quel attrait ces deux-là pouvaient voir l'un en l'autre, ou quel intérêt commun ils avaient pu se découvrir. Au dire de ceux qui les rencontraient faisant leur promenade dominicale, ils n'échangeaient pas un mot, avaient l'air de s'ennuyer prodigieusement, et accueillaient avec un soulagement visible la rencontre d'un ami. Malgré cela, tous deux faisaient le plus grand cas de ces sorties, qu'ils estimaient le plus beau fleuron de chaque semaine, et pour en jouir avec régularité il leur arrivait, non seulement de renoncer à d'autres occasions de plaisir, mais même de rester sourds à l'appel des affaires.

Ce fut au cours d'une de ces randonnées que le hasard les conduisit dans une petite rue détournée d'un quartier ouvrier de Londres. C'était ce qui s'appelle une petite rue tranquille, bien qu'elle charriât en semaine un trafic intense [1]. Ses habitants, qui semblaient tous à leur aise, cultivaient à l'envi l'espoir de s'enrichir encore, et étalaient en embellissements le superflu de leurs gains ; de sorte que les devantures des boutiques, telles deux rangées d'accortes [2] marchandes, offraient le long de cette artère [3] un aspect engageant. Même le dimanche, alors qu'elle voilait ses plus florissants appas et demeurait comparativement vide de circulation, cette rue faisait avec son terne voisinage un contraste brillant, comme un feu dans une forêt ; et par ses volets repeints de frais, ses cuivres bien fourbis [4], sa propreté générale et son air de gaieté, elle attirait et charmait aussitôt le regard du passant.

À deux portes d'un coin, sur la gauche en allant vers l'est, l'entrée d'une cour interrompait l'alignement, et à cet endroit même la masse rébarbative d'un bâtiment projetait en saillie son pignon [5] sur la rue. Haut d'un étage, sans fenêtres, il n'offrait rien qu'une porte au rez-de-chaussée, et à l'étage la façade aveugle d'un mur décrépit. Il présentait dans tous ses détails les symptômes d'une négligence sordide et prolongée. La porte, dépourvue de sonnette ou de heurtoir, était écaillée et décolorée. Les vagabonds gîtaient dans l'embrasure et frottaient des allumettes sur les panneaux ; les enfants tenaient boutique sur le seuil ; un écolier avait essayé son canif sur les moulures ; et depuis près d'une génération, personne n'était venu chasser ces indiscrets visiteurs ni réparer leurs déprédations [6].

1. *Bien qu'elle charriât en semaine un trafic intense* : bien qu'elle fût fortement embouteillée durant la semaine.
2. *Accortes* : agréables et avenantes.
3. *Artère* : rue importante et très passante.
4. *Fourbis* : astiqués, nettoyés.
5. *Pignon* : couronnement d'un mur dont le sommet supporte le comble d'une maison.
6. *Déprédations* : dégâts, destructions.

M. Enfield et le notaire passaient de l'autre côté de la petite rue ; mais quand ils arrivèrent à hauteur de l'entrée, le premier leva sa canne et la désigna :

– Avez-vous déjà remarqué cette porte ? demanda-t-il ; et quand son compagnon lui eut répondu par l'affirmative : Elle se rattache dans mon souvenir, ajouta-t-il, à une très singulière histoire.

– Vraiment ? fit M. Utterson, d'une voix légèrement altérée [1]. Et quelle était-elle ?

– Eh bien, voici la chose, répliqua M. Enfield. C'était vers trois heures du matin, par une sombre nuit d'hiver. Je m'en retournais chez moi, d'un endroit au bout du monde, et mon chemin traversait une partie de la ville où l'on ne rencontrait absolument que des réverbères. Les rues se succédaient, et tout le monde dormait... les rues se succédaient, toutes illuminées comme pour une procession et toutes aussi désertes qu'une église... si bien que finalement j'en arrivai à cet état d'esprit du monsieur qui dresse l'oreille de plus en plus et commence d'aspirer à l'apparition d'un agent de police. Tout à coup je vis deux silhouettes, d'une part un petit homme qui d'un bon pas trottinait vers l'est, et de l'autre une fillette de peut-être huit ou dix ans qui s'en venait par une rue transversale en courant de toutes ses forces. Eh bien, monsieur, arrivés au coin, tous deux se jetèrent l'un contre l'autre, ce qui était assez naturel ; mais ensuite advint l'horrible de la chose, car l'homme foula froidement aux pieds le corps de la fillette et s'éloigna, la laissant sur le pavé, hurlante. Cela n'a l'air de rien à entendre raconter, mais c'était diabolique à voir. Ce n'était plus un homme que j'avais devant moi, c'était je ne sais quel monstre

1. *Altérée* : changée (en mal).

satanique et impitoyable [1]. J'appelai à l'aide, me mis à courir, saisis au collet notre citoyen, et le ramenai auprès de la fillette hurlante qu'entourait déjà un petit rassemblement. Il garda un parfait sang-froid et ne tenta aucune résistance, mais me décocha un regard si atroce que je me sentis inondé d'une sueur froide. Les gens qui avaient surgi étaient les parents mêmes de la petite ; et presque aussitôt on vit paraître le docteur, chez qui elle avait été envoyée. En somme, la fillette, au dire du morticole [2], avait eu plus de peur que de mal ; et on eût pu croire que les choses en resteraient là. Mais il se produisit un phénomène singulier. J'avais pris en aversion à première vue notre citoyen. Les parents de la petite aussi, comme il était trop naturel. Mais ce qui me frappa ce fut la conduite du docteur. C'était le classique praticien routinier, d'âge et de caractère indéterminés, doué d'un fort accent d'Édimbourg [3], et sentimental à peu près autant qu'une cornemuse. Eh bien, monsieur,

---

1. *Monstre satanique et impitoyable* : traduction de l'anglais « *Juggernaut* », équivalent du français « Jaggernat ». (Jaggernat est une des incarnations de Vishnou dans la religion hindouiste. Jusqu'au milieu du XXe siècle, des hindous fanatiques avaient pour habitude, lors de fêtes solennelles donnés en l'honneur de Jaggernat, de se jeter sous le lourd char du dieu pour gagner plus facilement leur passeport pour l'au-delà. La mention de ce dieu du panthéon hindouiste dans le texte de Stevenson et son assimilation à l'étrange M. Hyde contribuent d'emblée à faire de ce personnage une force aveugle et destructrice et de la fillette une victime expiatoire immolée en sacrifice à ce dieu cruel.)
2. *Morticole* : ce terme désigne ironiquement un médecin qui est réputé faire mourir les malades plutôt que les guérir. (Traduction du terme anglais « *sawbones* », médecin.)
3. *Édimbourg* : on rappellera pour mémoire que l'Écossais R. L. Stevenson est, comme son personnage, le docteur Jekyll, originaire d'Édimbourg.

il en fut de lui comme de nous autres tous : à chaque fois qu'il jetait les yeux sur mon prisonnier, je voyais le morticole se crisper et pâlir d'une envie de le tuer. Je devinai sa pensée, de même qu'il devina la mienne, et comme on ne tue pas ainsi les gens, nous fîmes ce qui en approchait le plus. Nous déclarâmes à l'individu qu'il ne dépendait que de nous de provoquer avec cet accident un scandale tel que son nom serait abominé d'un bout à l'autre de Londres. S'il avait des amis ou de la réputation, nous nous chargions de les lui faire perdre. Et pendant tout le temps que nous fûmes à le retourner sur le gril [1], nous avions fort à faire pour écarter de lui les femmes, qui étaient comme des harpies [2] en fureur. Jamais je n'ai vu pareille réunion de faces haineuses. Au milieu d'elles se tenait l'individu, affectant un sang-froid sinistre et ricaneur ; il avait peur aussi, je le voyais bien, mais il montrait bonne contenance, monsieur, comme un véritable démon. Il nous dit : « Si vous tenez à faire un drame de cet incident, je suis évidemment à votre merci. Tout gentleman ne demande qu'à éviter le scandale. Fixez votre chiffre. » Eh bien, nous le taxâmes à cent livres [3], destinées aux parents de la fillette. D'évidence il était tenté de se rebiffer, mais nous avions tous un air qui promettait du vilain, et il finit par céder. Il lui fallut alors se procurer l'argent ; et où croyez-vous qu'il nous conduisit ? Tout simplement à cet endroit où il y a la porte. Il tira de sa poche une clef, entra, et revint bientôt, muni de quelque dix livres en or

1. *Pendant tout le temps que nous fûmes à le retourner sur le gril* : pendant tout le temps que nous le tourmentions, nous le torturions moralement.
2. *Harpies* : dans la mythologie grecque, monstres fabuleux, à tête de femme et à corps d'oiseau ; par extension, femmes méchantes, rapaces et acariâtres.
3. *Livres* : il s'agit de la livre sterling, unité monétaire anglaise.

et d'un chèque pour le surplus, sur la banque Coutts [1], libellé payable au porteur et signé d'un nom que je ne puis vous dire, bien qu'il constitue l'un des points essentiels de mon histoire ; mais c'était un nom honorablement connu et souvent imprimé. Le chiffre était salé, mais la signature valait pour plus que cela, à condition toutefois qu'elle fût authentique. Je pris la liberté de faire observer à notre citoyen que tout son procédé me paraissait peu vraisemblable, et que, dans la vie réelle, on ne pénètre pas à quatre heures du matin par une porte de cave pour en ressortir avec un chèque d'autrui valant près de cent livres. Mais d'un ton tout à fait dégagé et railleur, il me répondit : « Soyez sans crainte, je ne vous quitterai pas jusqu'à l'ouverture de la banque et je toucherai le chèque moi-même. » Nous nous en allâmes donc tous, le docteur, le père de l'enfant, notre homme et moi, passer le reste de la nuit dans mon appartement ; et le matin venu, après avoir déjeuné, nous nous rendîmes en chœur à la banque. Je présentai le chèque moi-même, en disant que j'avais toutes raisons de le croire faux. Pas du tout. Le chèque était régulier.

M. Utterson émit un clappement de langue désapprobateur.

– Je vois que vous pensez comme moi, reprit M. Enfield. Oui, c'est une fâcheuse histoire. Car notre homme était un individu avec qui nul ne voudrait avoir rien de commun, un vraiment sinistre individu, et la personne au contraire qui tira le chèque est la fleur même des convenances, une célébrité en outre, et (qui pis est) l'un de ces citoyens qui font, comme ils disent, le bien. Chantage, je suppose, un honnête homme qui

1. *La banque Coutts* : célèbre banque anglaise qui compte notamment parmi ses clients des membres de la famille royale britannique.

paye sans y regarder pour quelque fredaine de jeunesse. Quoique cette hypothèse même, voyez-vous, soit loin de tout expliquer, ajouta-t-il.

Et sur ces mots il tomba dans une profonde rêverie.

Il en fut tiré par M. Utterson, qui lui demandait assez brusquement :

– Et vous ne savez pas si le tireur du chèque habite là ?

– Un endroit bien approprié, n'est-ce pas ? répliqua M. Enfield. Mais j'ai eu l'occasion de noter son adresse : il habite sur une place quelconque.

– Et vous n'avez jamais pris de renseignements... sur cet endroit où il y a la porte ? reprit M. Utterson.

– Non, monsieur ; j'ai eu un scrupule. Je répugne beaucoup à poser des questions ; c'est là un genre qui rappelle trop le jour du Jugement [1]. On lance une question, et c'est comme si on lançait une pierre. On est tranquillement assis au haut d'une montagne ; et la pierre déroule, qui en entraîne d'autres ; et pour finir, un sympathique vieillard (le dernier auquel on aurait pensé) reçoit l'avalanche sur le crâne au beau milieu de son jardin privé, et ses parents n'ont plus qu'à changer de nom. Non, monsieur, je m'en suis fait une règle : plus une histoire sent le louche, moins je m'informe.

– Une très bonne règle, en effet, répliqua le notaire.

– Mais j'ai examiné l'endroit par moi-même, continua M. Enfield. On dirait à peine une habitation. Il n'y a pas d'autre porte, et personne n'entre ni ne sort par celle-ci, sauf, à de longs intervalles, le citoyen de mon aventure. Il y a trois fenêtres donnant sur la cour au premier étage, et pas une au rez-de-chaussée ; jamais ces fenêtres ne s'ouvrent, mais leurs carreaux sont net-

1. *Le jour du Jugement* : allusion biblique au Jugement dernier, au cours duquel tous les hommes seront jugés par Dieu.

toyés. Et puis il y a une cheminée qui fume en général ; donc quelqu'un doit habiter là. Et encore ce n'est pas absolument certain, car les immeubles s'enchevêtrent si bien autour de cette cour qu'il est difficile de dire où l'un finit et où l'autre commence.

Les deux amis firent de nouveau quelques pas en silence ; puis :

– Enfield, déclara M. Utterson, c'est une bonne règle que vous avez adoptée.

– Je le crois en effet, répliqua Enfield.

– Mais malgré cela, poursuivit le notaire, il y a une chose que je veux vous demander ; c'est le nom de l'homme qui a foulé aux pieds l'enfant.

– Ma foi, répondit Enfield, je ne vois pas quel mal cela pourrait faire de vous le dire. Cet homme se nommait Hyde.

– Hum, fit M. Utterson. Et quel est son aspect physique ?

– Il n'est pas facile à décrire. Il y a dans son extérieur quelque chose de faux ; quelque chose de désagréable, d'absolument odieux. Je n'ai jamais vu personne qui me fût aussi antipathique ; et cependant je sais à peine pourquoi. Il doit être contrefait [1] de quelque part ; il donne tout à fait l'impression d'avoir une difformité ; mais je n'en saurais préciser le siège. Cet homme a un air extraordinaire, et malgré cela je ne peux réellement indiquer en lui quelque chose qui sorte de la normale. Non, monsieur, j'y renonce ; je suis incapable de le décrire. Et ce n'est pas faute de mémoire ; car, en vérité, je me le représente comme s'il était là.

M. Utterson fit de nouveau quelques pas en silence et visiblement sous le poids d'une préoccupation. Il demanda enfin :

1. *Contrefait* : difforme, déformé.

– Vous êtes sûr qu'il s'est servi d'une clef ?

– Mon cher monsieur… commença Enfield, au comble de la surprise.

– Oui je sais, dit Utterson, je sais que ma question doit vous sembler bizarre. Mais de fait, si je ne vous demande pas le nom de l'autre personnage, c'est parce que je le connais déjà. Votre histoire, croyez-le bien, Richard, est allée à bonne adresse. Si vous avez été inexact en quelque détail, vous ferez mieux de le rectifier.

– Il me semble que vous auriez pu me prévenir, répliqua l'autre avec une pointe d'humeur. Mais j'ai été d'une exactitude pédantesque [1], comme vous dites. L'individu avait une clef, et qui plus est, il l'a encore. Je l'ai vu s'en servir, il n'y a pas huit jours.

M. Utterson poussa un profond soupir, mais s'abstint de tout commentaire ; et bientôt son cadet reprit :

– Voilà une nouvelle leçon qui m'apprendra à me taire. Je rougis d'avoir eu la langue si longue. Convenons, voulez-vous, de ne plus jamais reparler de cette histoire.

– Bien volontiers, répondit le notaire. Voici ma main, Richard ; c'est promis.

II
En quête de M. Hyde

Ce soir-là, M. Utterson regagna mélancoliquement son logis de célibataire et se mit à table sans appétit. Il avait l'habitude, le dimanche, après son repas, de s'asseoir au coin du feu, avec un aride volume de théologie sur son pupitre à lecture, jusqu'à l'heure où minuit sonnait à l'horloge de l'église voisine, après quoi il allait sagement se mettre au lit, satisfait de sa journée. Mais

1. *Pédantesque* : digne d'un pédant, d'une personne qui manifeste une affectation de savoir, d'érudition.

ce soir-là, sitôt la table desservie, il prit un flambeau et passa dans son cabinet de travail. Là, il ouvrit son coffre-fort, retira du compartiment le plus secret un dossier portant sur sa chemise la mention : « Testament du Dr Jekyll », et se mit à son bureau, les sourcils froncés, pour en étudier le contenu. Le testament était olographe [1], car M. Utterson, bien qu'il en acceptât la garde à présent que c'était fait, avait refusé de coopérer le moins du monde à sa rédaction. Il stipulait [2] non seulement que, en cas de décès de Henry Jekyll, docteur en médecine, docteur en droit civil, docteur légiste [3], membre de la Société Royale, etc., tous ses biens devaient passer en la possession de son « ami et bienfaiteur Edward Hyde » ; mais en outre que, dans le cas où ledit Dr Jekyll viendrait à « disparaître ou faire une absence inexpliquée d'une durée excédant trois mois pleins », ledit Edward Hyde serait sans plus de délai substitué à [4] Henry Jekyll, étant libre de toute charge ou obligation autre que le paiement de quelques petits legs [5] aux membres de la domesticité du docteur. Ce document faisait depuis longtemps le désespoir du notaire. Il s'en affligeait aussi bien comme notaire que comme partisan des côtés sains et traditionnels de l'existence, pour qui le fantaisiste égalait l'inconvenant. Jusque-là c'était son ignorance au sujet de M. Hyde qui suscitait son indignation : désormais, par un brusque revirement, ce fut ce qu'il en savait. Cela n'avait déjà

---

1. *Le testament était olographe* : le testament était écrit en entier de la main du testateur, le docteur Jekyll.
2. *Il stipulait* : il spécifiait ; il précisait.
3. *Docteur légiste* : docteur chargé d'apporter des éclaircissements à la Justice sur des points de médecine légale, pour préciser les causes et les circonstances exactes d'un décès, d'une mort accidentelle ou non.
4. *Serait substitué à* : hériterait des biens de.
5. *Legs* : dons faits par testament.

pas bonne allure lorsque ce nom n'était pour lui qu'un nom vide de sens. Cela devenait pire depuis qu'il s'était paré de fâcheux attributs ; et hors des brumes onduleuses et inconsistantes qui avaient si longtemps offusqué son regard, le notaire vit surgir la brusque et nette apparition d'un démon.

« J'ai cru que c'était de la folie », se dit-il, en replaçant le malencontreux papier dans le coffre-fort, « mais à cette heure je commence à craindre que ce ne soit de l'opprobre [1]. »

Là-dessus il souffla sa bougie, endossa un pardessus, et se mit en route dans la direction de Cavendish Square [2], cette citadelle de la médecine, où son ami, le fameux Dr Lanyon, avait son habitation et recevait la foule de ses malades.

Si quelqu'un est au courant, songeait-il, ce doit être Lanyon.

Le majestueux maître d'hôtel le reconnut et le fit entrer : sans subir aucun délai d'attente, il fut introduit directement dans la salle à manger où le Dr Lanyon, qui dînait seul, en était aux liqueurs. C'était un gentleman cordial, plein de santé, actif, rubicond [3], avec une mèche de cheveux prématurément blanchie et des allures exubérantes et décidées. À la vue de M. Utterson, il se leva d'un bond et s'avança au-devant de lui, les deux mains tendues. Cette affabilité [4], qui était dans les habitudes du personnage, avait l'air un peu théâtrale ; mais elle procédait de sentiments réels. Car tous deux étaient de vieux amis, d'anciens camarades de classe et d'uni-

---

1. *Opprobre* : honte, déshonneur, ignominie.
2. *Cavendish Square* : place située en retrait de Regent Street, dans un quartier qui s'étend de Regent's Park à St James's Park et abritant la Société Royale de Médecine (*Royal Society of Medicine*).
3. *Rubicond* : d'un teint rougeaud, vermeil.
4. *Affabilité* : amabilité, politesse.

versité, pleins l'un et l'autre de la meilleure opinion réciproque, et, ce qui ne s'ensuit pas toujours, ils se plaisaient tout à fait dans leur mutuelle société [1].

Après quelques phrases sur la pluie et le beau temps, le notaire en vint au sujet qui lui préoccupait si fâcheusement l'esprit.

– Il me semble, Lanyon, dit-il, que nous devons être, vous et moi, les deux plus vieux amis du Dr Jekyll ?

– Je préférerais que ces amis fussent plus jeunes ! plaisanta le Dr Lanyon. Admettons-le cependant. Mais qu'importe ? Je le vois si peu à présent.

– En vérité ? fit Utterson. Je vous croyais très liés par des recherches communes ?

– Autrefois, répliqua l'autre. Mais voici plus de dix ans que Henry Jekyll est devenu trop fantaisiste pour moi. Il a commencé à tourner mal, en esprit s'entend ; et j'ai beau toujours m'intéresser à lui en souvenir du passé comme on dit, je le vois et l'ai vu diantrement peu depuis lors. De pareilles billevesées [2] scientifiques, ajouta le docteur, devenu soudain rouge pourpre, auraient suffi à brouiller Damon et Pythias [3].

Cette petite bouffée d'humeur apporta comme un baume à M. Utterson. « Ils n'ont fait que différer sur un point de science », songea-t-il ; et comme il était dénué de passion scientifique (sauf en matière notariale), il

---

1. *Dans leur mutuelle société* : dans la compagnie l'un de l'autre.
2. *Billevesées* : paroles vides de sens, sornettes, sottises.
3. *Damon et Pythias* : noms de deux philosophes grecs de l'Antiquité (ils vécurent à Syracuse vers 400 av. J. - C.) dont l'amitié est passée en proverbe. Condamné à mort par Denys l'Ancien, tyran de Syracuse, Pythias (ou Phintias) obtint la permission de rentrer chez lui après que son ami Damon eut accepté de prendre sa place et d'être exécuté au cas où Phintias ne reviendrait pas. Phintias revint *in extremis* pour sauver Damon, et Denys, charmé par une si belle amitié, leur accorda à tous deux sa grâce.

ajouta même : « Si ce n'est que cela ! » Puis ayant laissé quelques secondes à son ami pour reprendre son calme, il aborda la question qui faisait le but de sa visite, en demandant :

– Avez-vous jamais rencontré un sien protégé, un nommé Hyde ?

– Hyde ? répéta Lanyon. Non. Jamais entendu parler de lui. Ce n'est pas de mon temps.

Telle fut la somme de renseignements que le notaire remporta avec lui dans son grand lit obscur où il resta à se retourner sans répit jusque bien avant [1] dans la nuit. Ce ne fut guère une nuit de repos pour son esprit qui travaillait, perdu en pleines ténèbres et assiégé de questions.

Six heures sonnèrent au clocher de l'église qui se trouvait si commodément proche du logis de M. Utterson, et il creusait toujours le problème. Au début celui-ci ne l'avait touché que par son côté intellectuel ; mais à présent son imagination était, elle aussi, occupée ou pour mieux dire asservie ; et tandis qu'il restait à se retourner dans les opaques ténèbres de la nuit et de sa chambre aux rideaux clos, le récit de M. Enfield repassait devant sa mémoire en un déroulement de tableaux lucides. Il croyait voir l'immense champ de réverbères d'une ville nocturne ; puis un personnage qui s'avançait à pas rapides ; puis une fillette qui sortait en courant de chez le docteur, et puis tous les deux se rencontraient, et le monstre inhumain foulait aux pieds l'enfant et s'éloignait sans prendre garde à ses cris. Ou encore il voyait dans une somptueuse maison une chambre où son ami était en train de dormir, rêvant et souriant à ses rêves ; et alors la porte de cette chambre s'ouvrant, les rideaux du lit s'écartaient violemment, le dormeur se réveillait, et patatras ! il découvrait à son chevet un être qui avait sur lui tout pouvoir,

1. *Bien avant* : fort tard.

et même en cette heure où tout reposait il lui fallait se lever et faire comme on le lui ordonnait. Le personnage sous ces deux aspects hanta toute la nuit le notaire ; et si par instants celui-ci s'endormait, ce n'était que pour le voir se glisser plus furtif dans des maisons endormies, ou s'avancer d'une vitesse de plus en plus accélérée, jusqu'à en devenir vertigineuse, parmi de toujours plus vastes labyrinthes de villes éclairées de réverbères, et à chaque coin de rue écraser une fillette et la laisser là hurlante. Et toujours ce personnage manquait d'un visage auquel il pût le reconnaître ; même dans ses rêves, il manquait de visage, ou bien celui-ci était un leurre qui s'évanouissait sous son regard…

Ce fut de la sorte que naquit et grandit peu à peu dans l'esprit du notaire une curiosité singulièrement forte, quasi désordonnée, de contempler les traits du véritable M. Hyde. Il lui aurait suffit, croyait-il, de jeter les yeux sur lui une seule fois pour que le mystère s'éclaircît, voire se dissipât tout à fait, selon la coutume des choses mystérieuses quand on les examine bien. Il comprendrait alors la raison d'être de l'étrange prédilection [1] de son ami, ou (si l'on préfère) de sa sujétion, non moins que des stupéfiantes clauses du testament [2]. Et en tout cas ce serait là un visage qui mériterait d'être vu ; le visage d'un homme dont les entrailles étaient inaccessibles à la pitié ; un visage auquel il suffisait de se montrer pour susciter dans l'âme du flegmatique [3] Enfield un sentiment de haine tenace.

1. *Prédilection* : préférence avouée pour une personne ou une chose. Ce terme renvoie ici à la relation trouble qui unit le docteur Jekyll au mystérieux Edward Hyde.
2. *Les clauses du testament* : les dispositions, les conditions du testament. (On a vu que le docteur Jekyll a eu la bizarrerie de léguer toute sa fortune à M. Hyde au cas où il viendrait à disparaître.)
3. *Flegmatique* : qui contrôle aisément ses émotions ; impassible, imperturbable.

À partir de ce jour, M. Utterson fréquenta assidûment la porte située dans la lointaine petite rue de boutiques. Le matin avant les heures de bureau, le soir sous les regards de la brumeuse lune citadine, par tous les éclairages et à toutes les heures de solitude ou de foule, le notaire se trouvait à son poste de prédilection.

« Puisqu'il est M. Hyde, se disait-il, je serai M. Seek [1]. »

Sa patience fut enfin récompensée. C'était par une belle nuit sèche ; il y avait de la gelée dans l'air ; les rues étaient nettes comme le parquet d'une salle de bal ; les réverbères, que ne faisait vaciller aucun souffle, dessinaient leurs schémas réguliers de lumière et d'ombre. À dix heures, quand les boutiques se fermaient, la petite rue devenait très déserte et, en dépit du sourd grondement de Londres qui s'élevait de tout à l'entour, très silencieuse. Les plus petits sons portaient au loin : les bruits domestiques provenant des maisons s'entendaient nettement d'un côté à l'autre de la chaussée ; et le bruit de leur marche précédait de beaucoup les passants. Il y avait quelques minutes que M. Utterson était à son poste, lorsqu'il perçut un pas insolite et léger qui se rapprochait. Au cours de ses reconnaissances nocturnes, il s'était habitué depuis longtemps à l'effet bizarre que produit le pas d'un promeneur solitaire qui est encore à une grande distance, lorsqu'il devient tout à coup distinct parmi la vaste rumeur et les voix de la ville. Mais son attention n'avait jamais encore été mise en arrêt de façon aussi aiguë et décisive ; et ce fut avec un vif et superstitieux pressentiment de toucher au but qu'il se dissimula dans l'entrée de la cour.

1. *Puisqu'il est M. Hyde [...], je serai M. Seek* : jeu de mots intraduisible sur les verbes anglais « *to hide* » et « *to seek* », qui signifient respectivement « cacher » et « chercher », et se composent dans l'expression « *hide and seek* » qui désigne le jeu de cache-cache.

Les pas se rapprochaient rapidement, et ils redoublèrent tout à coup de sonorité lorsqu'ils débouchèrent dans la rue. Le notaire, avançant la tête hors de l'entrée, fut bientôt édifié sur le genre d'individu auquel il avait affaire. C'était un petit homme très simplement vêtu, et son aspect, même à distance, souleva chez le guetteur une violente antipathie. Il marcha droit vers la porte, coupant en travers de la chaussée pour gagner du temps ; et chemin faisant il tira une clef de sa poche comme s'il arrivait chez lui.

M. Utterson sortit de sa cachette et quand l'autre fut à sa hauteur il lui toucha l'épaule.

– Monsieur Hyde, je pense ?

M. Hyde se recula, en aspirant l'air avec force. Mais sa crainte ne dura pas ; et, sans toutefois regarder le notaire en face, il lui répondit avec assez de sang-froid :

– C'est bien mon nom. Que me voulez-vous ?

– Je vois que vous allez entrer, répliqua le notaire. Je suis un vieil ami du Dr Jekyll... M. Utterson, de Gaunt Street [1]... il doit vous avoir parlé de moi ; et en nous rencontrant si à point, j'ai cru que vous pourriez m'introduire auprès de lui.

– Vous ne trouverez pas le Dr Jekyll ; il est sorti, répliqua M. Hyde, en soufflant dans sa clef... Puis avec brusquerie mais toujours sans lever les yeux, il ajouta : D'où me connaissez-vous ?

– Je vous demanderai d'abord, répliqua M. Utterson, de me faire un plaisir.

– Volontiers, répondit l'autre... De quoi s'agit-il ?

– Voulez-vous me laisser voir votre visage ? demanda le notaire.

---

1. *Gaunt Street* : cette rue existe réellement à Londres mais le mot « *gaunt* » est aussi un adjectif signifiant « lugubre », « sévère » en anglais. On remarquera que ce terme est parfaitement approprié au caractère du notaire Utterson, dont l'austérité a été mise en valeur dès le premier chapitre.

M. Hyde parut hésiter ; puis, comme s'il prenait une brusque résolution, il releva la tête d'un air de défi ; et tous deux restèrent quelques secondes à se dévisager fixement.

– À présent, je vous reconnaîtrai, fit M. Utterson. Cela peut devenir utile.

– Oui, répliqua M. Hyde, il vaut autant que nous nous soyons rencontrés ; mais à ce propos, il est bon que vous sachiez mon adresse.

Et il lui donna un numéro et un nom de rue dans Soho [1].

« Grand Dieu ! pensa M. Utterson, se peut-il que lui aussi ait songé au testament ? »

Mais il garda sa réflexion pour lui-même et se borna à émettre un vague remerciement au sujet de l'adresse.

– Et maintenant, fit l'autre, répondez-moi : d'où me connaissez-vous ?

– On m'a fait votre portrait.

– Qui cela ?

– Nous avons des amis communs, répondit M. Utterson.

– Des amis communs, répéta M. Hyde, d'une voix rauque. Citez-en.

– Jekyll, par exemple, dit le notaire.

– Jamais il ne vous a parlé de moi ! s'écria M. Hyde, dans un accès de colère. Je ne vous croyais pas capable de mentir.

– Tout doux, fit M. Utterson, vous vous oubliez.

L'autre poussa tout haut un ricanement sauvage ; et en un instant, avec une promptitude extraordinaire, il ouvrit la porte et disparut dans la maison.

---

1. *Soho* : Soho, où habite le mystérieux Edward Hyde, est le nom d'un quartier de Londres, bordé au nord par Oxford Street et au sud ouest par Picadilly Circus. Très populaire et ayant une assez mauvaise réputation, Soho était au XIXe siècle un quartier cosmopolite où les restaurants étrangers, et notamment français ou italiens, abondaient.

Le notaire resta d'abord où M. Hyde l'avait laissé, livré au plus grand trouble. Puis avec lenteur il se mit à remonter la rue, s'arrêtant quasi à chaque pas et portant la main à son front, comme s'il était en proie à une vive préoccupation d'esprit. Le problème qu'il examinait ainsi, tout en marchant, appartenait à une catégorie presque insoluble. M. Hyde était blême et rabougri, il donnait sans aucune difformité visible l'impression d'être contrefait, il avait un sourire déplaisant, il s'était comporté envers le notaire avec un mélange quasi féroce de timidité et d'audace, et il parlait d'une voix sourde, sibilante [1] et à demi cassée ; tout cela militait contre lui ; mais tout cet ensemble réuni ne suffisait pas à expliquer la répugnance jusque-là inconnue, le dégoût et la crainte avec lesquels M. Utterson le regardait. « Il doit y avoir autre chose, se dit ce gentleman, perplexe. Il y a certainement autre chose, mais je n'arrive pas à mettre le doigt dessus. Dieu me pardonne, cet homme n'a pour ainsi dire pas l'air d'être un civilisé. Tiendrait-il du troglodyte [2] ? ou serait-ce la vieille histoire du Dr Fell [3], ou bien est-ce le simple reflet d'une vilaine âme qui transparaît ainsi à travers son revêtement d'argile et le transfigure ? Cette dernière hypothèse, je crois... Ah ! mon pauvre vieux Harry [4]

1. *Sibilante* : sifflante, qui produit un sifflement.
2. *Troglodyte* : personne qui vivait autrefois dans des excavations naturelles (cavernes, grottes, etc.).
3. *Serait-ce la vieille histoire du Dr Fell* : théologien du XVIIe siècle (1625-1686) et directeur du collège de Christ Church (Oxford), le docteur Fell a laissé à la postérité le souvenir d'un homme particulièrement odieux, en particulier à cause des vers écrits à son encontre par le jeune Tom Brown : « Je te déteste, Dr Fell / Sans que je sache pourquoi... » En anglais, l'expression « la vieille histoire du docteur Fell » sert à désigner un différend, une querelle dont on ne saisit pas la cause exacte.
4. *Harry* : diminutif familier de Henry. On précisera que l'expression *Old Harry* sert en anglais à désigner le diable.

Jekyll, si jamais j'ai lu sur un visage la griffe de Satan, c'est bien sur celui de votre nouvel ami ! »

Passé le coin en venant de la petite rue, il y avait une place carrée entourée d'anciennes et belles maisons, à cette heure déchues pour la plupart de leur splendeur passée et louées par étages et appartements à des gens de toutes sortes et de toutes conditions : graveurs de plans, architectes, louches agents d'affaires et directeurs de vagues entreprises. Une maison, toutefois, la deuxième à partir du coin, appartenait toujours à un seul occupant ; et à la porte de celle-ci, qui offrait un grand air de richesse et de confort, bien qu'à l'exception de l'imposte [1] elle fût alors plongée dans les ténèbres, M. Utterson s'arrêta et heurta. Un domestique âgé, en livrée, vint ouvrir.

– Est-ce que le docteur est chez lui, Poole ? demanda le notaire.

– Je vais voir, monsieur Utterson, répondit Poole, tout en introduisant le visiteur dans un grand et confortable vestibule au plafond bas, pavé de carreaux céramiques, chauffé (telle une maison de campagne) par la flamme claire d'un âtre ouvert, et meublé de précieux buffets de chêne.

– Préférez-vous attendre ici au coin du feu, monsieur, ou voulez-vous que je vous fasse de la lumière dans la salle à manger ?

– Inutile, j'attendrai ici, répliqua le notaire.

Et s'approchant du garde-feu élevé, il s'y accouda. Ce vestibule, où il resta bientôt seul, était une vanité mignonne de son ami le docteur ; et Utterson lui-même ne manquait pas d'en parler comme de la pièce la plus agréable de tout Londres. Mais ce soir, un frisson lui parcourait les moelles ; le visage de Hyde hantait péni-

1. *Imposte* : partie fixe ou mobile d'une porte, au-dessus des battants, et qui est souvent vitrée.

blement son souvenir ; il éprouvait (chose insolite pour lui) la satiété et le dégoût de la vie ; et du fond de sa dépression mentale, les reflets dansants de la flamme sur le poli des buffets et les sursauts inquiétants de l'ombre au plafond, prenaient un caractère lugubre. Il eut honte de se sentir soulagé lorsque Poole revint enfin lui annoncer que le Dr Jekyll était sorti.

– Dites, Poole, fit-il, j'ai vu M. Hyde entrer par la porte de l'ancienne salle de dissection. Est-ce correct, lorsque le Dr Jekyll est absent ?

– Tout à fait correct, monsieur Utterson, répondit le domestique, M. Hyde a la clef.

– Il me semble que votre maître met beaucoup de confiance en ce jeune homme, Poole, reprit l'autre d'un air pensif.

– Oui, monsieur, beaucoup en effet, répondit Poole. Nous avons tous reçu l'ordre de lui obéir.

– Je ne pense pas avoir jamais rencontré M. Hyde ? interrogea Utterson.

– Oh, mon Dieu, non, monsieur. Il ne dîne jamais ici, répliqua le maître d'hôtel. Et même nous ne le voyons guère de ce côté-ci de la maison ; il entre et sort la plupart du temps par le laboratoire.

– Allons, bonne nuit, Poole.

– Bonne nuit, monsieur Utterson.

Et le notaire s'en retourna chez lui, le cœur tout serré.

« Ce pauvre Harry Jekyll, songeait-il, j'ai bien peur qu'il ne se soit mis dans de mauvais draps ! Il a eu une jeunesse un peu orageuse ; cela ne date pas d'hier, il est vrai ; mais la justice de Dieu ne connaît ni règle ni limites. Hé oui, ce doit être cela : le revenant d'un vieux péché, le cancer d'une honte secrète, le châtiment qui vient, *pede claudo* [1], des années après que la faute est sortie de la mémoire et que l'amour-propre s'en est absous. »

---

1. *Pede claudo* : expression latine qui signifie « en boitant ».

Et le notaire, troublé par cette considération, médita un instant sur son propre passé, fouillant tous les recoins de sa mémoire, dans la crainte d'en voir surgir à la lumière, comme d'une boîte à surprises, une vieille iniquité. Son passé était certes bien innocent ; peu de gens pouvaient lire avec moins d'appréhension les feuillets de leur vie ; et pourtant il fut d'abord accablé de honte par toutes les mauvaises actions qu'il avait commises, puis soulevé d'une douce et timide reconnaissance par toutes celles qu'il avait évitées après avoir failli de bien près les commettre. Et ramené ainsi à son sujet primitif, il conçut une lueur d'espérance.

« Ce maître Hyde, si on le connaissait mieux, songeait-il, doit avoir ses secrets particuliers : de noirs secrets, dirait-on à le voir ; des secrets à côté desquels les pires du pauvre Jekyll sembleraient purs comme le jour. Les choses ne peuvent durer ainsi. Cela me glace de penser que cet être-là s'insinue comme un voleur au chevet de Harry : pauvre Harry, quel réveil pour lui ! Et quel danger ; car si ce Hyde soupçonne l'existence du testament, il peut devenir impatient d'hériter. Oui, il faut que je pousse à la roue [1]… si toutefois Jekyll me laisse faire, ajouta-t-il, si Jekyll veut bien me laisser faire. »

Car une fois de plus il revoyait en esprit, nettes comme sur un écran lumineux, les singulières clauses du testament.

III
La parfaite tranquillité du Dr Jekyll

Quinze jours s'étaient écoulés lorsque, par le plus heureux des hasards, le docteur offrit un de ces

1. *Il faut que je pousse à la roue* : il faut que j'intervienne ; c'est à moi de jouer.

agréables dîners dont il était coutumier à cinq ou six vieux camarades, tous hommes intelligents et distingués, et tous amateurs de bons vins. M. Utterson, qui y assistait, fit en sorte de rester après le départ des autres convives. La chose, loin d'avoir quelque chose de nouveau, s'était produite maintes et maintes fois. Quand on aimait Utterson, on l'aimait bien. Les amphitryons [1] se plaisaient à retenir l'aride notaire, alors que les gens d'un caractère jovial et expansif avaient déjà le pied sur le seuil ; ils se plaisaient à rester encore quelque peu avec ce discret compagnon, afin de se réaccoutumer à la solitude, et de laisser leur esprit se détendre, après une excessive dépense de gaieté, dans le précieux silence de leur hôte. À cette règle, le Dr Jekyll ne faisait pas exception ; et si vous aviez vu alors, installé de l'autre côté du feu, ce quinquagénaire robuste et bien bâti, dont le visage serein offrait, avec peut-être un rien de dissimulation, tous les signes de l'intelligence et de la bonté, vous auriez compris à sa seule attitude qu'il professait envers M. Utterson une sincère et chaude sympathie.

– J'ai éprouvé le besoin de vous parler, Jekyll, commença le notaire. Vous vous rappelez votre testament ?

Un observateur attentif eût pu discerner que l'on goûtait peu ce sujet ; mais le docteur affecta de le prendre sur un ton dégagé.

– Mon cher Utterson, répondit-il, vous n'avez pas de chance avec votre client. Je n'ai jamais vu personne aussi tourmenté que vous l'êtes par mon testament ; sauf peut-être ce pédant invétéré [2] de Lanyon, par ce qu'il appelle mes hérésies scientifiques. Oui, oui, entendu, c'est un brave garçon… inutile de prendre cet air

1. *Amphitryons* : hôtes qui offrent à dîner.
2. *Invétéré* : traduction de l'anglais « *hide-bound* », adjectif qui au sens figuré signifie « borné », « obtus ». On remarquera que Stevenson fait encore un jeu de mots sur le nom d'Edward Hyde.

sévère... un excellent garçon, et j'ai toujours l'intention de le revoir, mais cela ne l'empêche pas d'être un pédant invétéré ; un pédant ignare et prétentieux. Jamais personne ne m'a autant déçu que Lanyon.

– Vous savez que je n'ai jamais approuvé la chose, poursuivit l'impitoyable Utterson, refusant de le suivre sur ce nouveau terrain.

– Mon testament ? Mais oui, bien entendu, je le sais, fit le docteur, un peu sèchement. Vous me l'avez déjà dit.

– Eh bien, je vous le redis encore, continua le notaire. J'ai appris quelque chose concernant le jeune Hyde.

La face épanouie du Dr Jekyll se décolora jusqu'aux lèvres, et ses yeux s'assombrirent. Il déclara :

– Je ne désire pas en entendre davantage. Il me semble que nous avions convenu de ne plus parler de ce sujet.

– Ce que j'ai appris est abominable, insista Utterson.

– Cela ne peut rien y changer. Vous ne comprenez pas ma situation, répliqua le docteur, avec une certaine incohérence. Je suis dans une situation pénible, Utterson ; ma situation est exceptionnelle, tout à fait exceptionnelle. C'est une de ces choses auxquelles on ne peut remédier par des paroles.

– Jekyll, reprit Utterson, vous me connaissez : je suis quelqu'un en qui on peut avoir confiance. Avouez-moi cela sous le sceau du secret [1] ; je me fais fort de vous en tirer.

– Mon bon Utterson, repartit le docteur, c'est très aimable de votre part ; c'est tout à fait aimable, et je ne trouve pas de mots pour vous remercier. J'ai en vous la foi la plus entière ; je me confierais à vous plutôt qu'à n'importe qui, voire à moi-même, s'il me restait le choix ; mais croyez-moi, ce n'est pas ce que vous imaginez ; ce n'est pas aussi grave ; et pour vous mettre un

1. *Sous le sceau du secret* : avec la garantie d'une discrétion absolue.

peu l'esprit en repos, je vous dirai une chose : dès l'instant où il me plaira de le faire je puis me débarrasser de M. Hyde. Là-dessus je vous serre la main, et merci encore et encore... Plus rien qu'un dernier mot, Utterson, dont vous ne vous formaliserez pas, j'en suis sûr ; c'est là une affaire privée, et je vous conjure de la laisser en repos.

Utterson, le regard perdu dans les flammes, resta songeur une minute.

– Je suis convaincu que vous avez parfaitement raison, finit-il par dire, tout en se levant de son siège.

– Allons, reprit le docteur, puisque nous avons abordé ce sujet, et pour la dernière fois j'espère, voici un point que je tiendrais à vous faire comprendre. Je porte en effet le plus vif intérêt à ce pauvre Hyde. Je sais que vous l'avez vu ; il me l'a dit ; et je crains qu'il ne se soit montré grossier. Mais je vous assure que je porte un grand, un très grand intérêt à ce jeune homme ; et si je viens à disparaître, Utterson, je désire que vous me promettiez de le soutenir et de sauvegarder ses intérêts. Vous n'y manqueriez pas, si vous saviez tout ; et cela me soulagerait d'un grand poids si vous vouliez bien me le promettre.

– Je ne puis vous garantir que je l'aimerai jamais, repartit le notaire.

– Je ne vous demande pas cela, insista Jekyll, en posant la main sur le bras de l'autre ; je ne vous demande rien que de légitime ; je vous demande uniquement de l'aider en mémoire de moi, lorsque je ne serai plus là.

Utterson ne put refréner un soupir.

– Soit, fit-il, je vous le promets.

IV
L'assassinat de sir Danvers Carew

Un an plus tard environ, au mois d'octobre 18.., un crime d'une férocité inouïe, et que rendait encore plus remarquable le rang élevé de la victime, vint mettre Londres en émoi. Les détails connus étaient brefs mais stupéfiants. Une domestique qui se trouvait seule dans une maison assez voisine de la Tamise [1] était montée se coucher vers onze heures. Malgré le brouillard qui vers le matin s'abattit sur la ville, le ciel resta pur la plus grande partie de la nuit, et la pleine lune éclairait brillamment la rue sur laquelle donnait la fenêtre de la fille. Celle-ci, qui était sans doute en dispositions romanesques, s'assit sur sa malle qui se trouvait placée juste devant la fenêtre, et se perdit dans une profonde rêverie. Jamais (comme elle le dit, avec des flots de larmes, en racontant la scène), jamais elle ne s'était sentie plus en paix avec l'humanité, jamais elle n'avait cru davantage à la bonté du monde. Or, tandis qu'elle était là assise elle vit venir du bout de la rue un vieux et beau gentleman à cheveux blancs ; et allant à sa rencontre, un autre gentleman tout petit, qui d'abord attira moins son attention. Lorsqu'ils furent à portée de s'adresser la parole (ce qui se produisit juste au-dessous de la fenêtre par où regardait la fille) le plus vieux salua l'autre, et l'aborda avec la plus exquise politesse. L'objet de sa requête [2] ne devait pas avoir grande importance ; d'après son geste, à un moment, on eût dit qu'il se bornait à demander son chemin ; mais tandis qu'il parlait la lune éclaira son visage, et la fille prit

1. *La Tamise* : nom du fleuve qui arrose la ville de Londres.
2. *Requête* : demande, sollicitation.

plaisir à le considérer, tant il respirait une aménité [1] de caractère naïve et désuète [2], relevée toutefois d'une certaine hauteur, provenant, eût-on dit, d'une légitime fierté. Puis elle accorda un regard à l'autre, et eut l'étonnement de reconnaître en lui un certain M. Hyde, qui avait une fois rendu visite à son maître et pour qui elle avait conçu de l'antipathie. Il tenait à la main une lourde canne, avec laquelle il jouait, mais il ne répondait mot, et semblait écouter avec une impatience mal contenue. Et puis tout d'un coup il éclata d'une rage folle, frappant du pied, brandissant sa canne et, bref, au dire de la fille, se comportant comme un fou.

Le vieux gentleman, d'un air tout à fait surpris et un peu offensé, fit un pas en arrière ; sur quoi M. Hyde perdit toute retenue, et le frappant de son gourdin l'étendit par terre. Et à l'instant même, avec une fureur simiesque [3], il se mit à fouler aux pieds sa victime, et à l'accabler d'une grêle de coups telle qu'on entendait les os craquer et que le corps rebondissait sur les pavés. Frappée d'horreur à ce spectacle, la fille perdit connaissance.

Il était deux heures lorsqu'elle revint à elle et alla prévenir la police. L'assassin avait depuis longtemps disparu, mais au milieu de la chaussée gisait sa victime, incroyablement abîmée. Le bâton, instrument du forfait, bien qu'il fût d'un bois rare, très dense et compact, s'était cassé en deux sous la violence de cette rage insensée ; et un bout hérissé d'éclats en avait roulé jusque dans le ruisseau voisin… tandis que l'autre, sans doute, était resté aux mains du criminel. On retrouva sur la victime une bourse et une montre en or ; mais ni cartes de visite ni papiers, à l'exception d'une enveloppe cachetée et timbrée, que le vieillard s'en allait probablement

1. *Aménité* : amabilité.

2. *Désuète* : démodée, dépassée.

3. *Simiesque* : digne d'un singe, comparable à celle d'un singe.

mettre à la poste et qui portait le nom et l'adresse de M. Utterson.

Cette lettre fut remise dans la matinée au notaire comme il était encore couché. À peine eut-il jeté les yeux sur elle, et entendu raconter l'événement, qu'il prit un air solennel et dit :

– Je ne puis me prononcer tant que je n'aurai pas vu le corps ; mais c'est peut-être très sérieux. Ayez l'obligeance de me laisser le temps de m'habiller.

Et, sans quitter sa contenance grave, il expédia son déjeuner en hâte et se fit mener au poste de police, où l'on avait transporté le cadavre. À peine entré dans la cellule, il hocha la tête affirmativement.

– Oui, dit-il, je le reconnais. J'ai le regret de vous apprendre que c'est là le corps de sir Danvers Carew.

– Bon Dieu, monsieur, s'écria le commissaire, est-il possible ?

Et tout aussitôt ses yeux brillèrent d'ambition professionnelle. Il reprit :

– Ceci va faire un bruit énorme. Et peut-être pouvez-vous m'aider à retrouver le coupable.

Il raconta brièvement ce que la fille avait vu, et exhiba la canne brisée.

Au nom de Hyde, M. Utterson avait déjà dressé l'oreille, mais à l'aspect de la canne, il ne put douter davantage : toute brisée et abîmée qu'elle était, il la reconnaissait pour celle dont lui-même avait fait cadeau à Henry Jekyll, des années auparavant. Il demanda :

– Ce M. Hyde est-il quelqu'un de petite taille ?

– Il est remarquablement petit et a l'air remarquablement mauvais, telles sont les expressions de la fille, répondit le commissaire.

M. Utterson réfléchit ; après quoi, relevant la tête :

– Si vous voulez venir avec moi dans mon cab [1], je me fais fort de vous mener à son domicile.

1. *Cab* : cabriolet où le cocher est situé à l'arrière du véhicule.

Il était alors environ neuf heures du matin, et c'était le premier brouillard de la saison. Un vaste dais [1] d'une teinte marron recouvrait le ciel, mais le vent ne cessait de harceler et de mettre en déroute ces bataillons de vapeurs. À mesure que le cab passait d'une rue dans l'autre, M. Utterson voyait se succéder un nombre étonnant de teintes et d'intensités crépusculaires : ici il faisait noir comme à la fin de la soirée ; là c'était l'enveloppement d'un roux dense et livide, pareil à une étrange lueur d'incendie ; et ailleurs, pour un instant, le brouillard cessait tout à fait, et par une hagarde trouée le jour perçait entre les nuées floconneuses. Vu sous ces aspects changeants, le triste quartier de Soho, avec ses rues boueuses, ses passants mal vêtus, et ses réverbères qu'on n'avait pas éteints ou qu'on avait rallumés pour combattre ce lugubre retour offensif des ténèbres, apparaissait, aux yeux du notaire, comme

emprunté à une ville de cauchemar. Ses réflexions, en outre, étaient de la plus sombre couleur, et lorsqu'il jetait les yeux sur son compagnon de voiture, il se sentait effleuré par cette terreur de la justice et de ses représentants, qui vient assaillir parfois jusqu'aux plus honnêtes.

Comme le cab s'arrêtait à l'adresse indiquée, le brouillard s'éclaircit un peu et lui laissa voir une rue sale, un grand bar populaire, un restaurant français de bas étage, une de ces boutiques où l'on vend des livraisons à deux sous et des salades à quatre, des tas d'en-

---

1. *Dais* : le dais est littéralement une pièce de tissu surmontant un lit, une chaire ou un trône et qui est placée de telle sorte qu'elle constitue une sorte de plafond au-dessus de la place d'un personnage éminent. Dans le texte de Stevenson, le mot désigne le plafond nuageux, la chape de nuages qui recouvre la ville de Londres.

fants haillonneux [1] grouillant sur les seuils, et des quantités de femmes de toutes les nationalités qui s'en allaient leur clef à la main, absorber le petit verre matinal. Presque au même instant le brouillard enveloppa de nouveau cette région d'une ombre épaisse et lui déroba la vue de ce peu recommandable entourage. Ici habitait le familier de Henry Jekyll, un homme qui devait hériter d'un quart de million de livres sterling.

Une vieille à face d'ivoire et à cheveux d'argent vint ouvrir. Elle avait un visage méchant, masqué d'hypocrisie ; mais elle se tenait à merveille. On était bien, en effet, chez M. Hyde, mais il se trouvait absent : il était rentré fort tard dans la nuit, mais était ressorti au bout d'une heure à peine ; ce qui n'avait rien de surprenant, car ses habitudes étaient fort irrégulières, et il s'absentait souvent : ainsi, il y avait hier près de deux mois qu'elle ne l'avait vu.

– Eh bien alors, dit le notaire, faites-nous voir ses appartements ; et, comme la vieille s'y refusait, il ajouta : Autant vous dire tout de suite qui est ce monsieur qui m'accompagne : c'est M. l'inspecteur Newcomen, de la Sûreté générale [2].

Un éclair de hideuse joie illumina le visage de la femme.

– Ah ! s'écria-t-elle, il a des ennuis ! Qu'est-ce qu'il a donc fait ?

1. *Haillonneux* : en haillons, en guenilles ; loqueteux.
2. *La Sûreté générale* : traduction de l'anglais « *Scotland Yard* ». On remarquera que tout comme R. L. Stevenson, Conan Doyle reprendra la formule du duo constitué d'un inspecteur chargé de l'enquête et d'un détective privé (Sherlock Holmes) qui vient marcher sur les brisées de la police et qui résout l'affaire. (Il n'est pas inintéressant à ce propos de rapprocher l'inspecteur Newcomen de l'inspecteur Lestrade, chez Conan Doyle.)

M. Utterson échangea un regard avec l'inspecteur.

– Il n'a pas l'air des plus populaires, fit observer ce dernier. Et maintenant, ma brave femme, laissez-nous donc, ce monsieur et moi, jeter un coup d'œil à l'intérieur.

Dans toute l'étendue de la maison, où la vieille se trouvait absolument seule, M. Hyde ne s'était servi que de deux pièces, mais il les avait aménagées avec luxe et bon goût. Un réduit était garni de vins ; la vaisselle était d'argent, le linge fin ; on voyait au mur un tableau de maître, cadeau (supposa Utterson) de Henry Jekyll, qui était assez bon connaisseur ; et les tapis étaient moelleux et de tons discrets. À cette heure cependant, l'aspect des pièces révélait aussitôt qu'on venait d'y fourrager [1] depuis peu et en toute hâte : des vêtements, les poches retournées, jonchaient le parquet ; des tiroirs à serrure restaient béants ; et la cheminée contenait un amas de cendres grisâtres, comme si on y avait brûlé une grande quantité de papiers. En remuant ce tas l'inspecteur découvrit, épargné par le feu, le talon d'un carnet de chèques vierge ; l'autre moitié de la canne se retrouva derrière la porte ; et comme ceci confirmait définitivement ses soupçons, le fonctionnaire se déclara enchanté. Une visite à la banque, où l'on trouva le compte de l'assassin crédité de plusieurs milliers de livres, mit le comble à sa satisfaction.

– Vous pouvez m'en croire, monsieur, affirma-t-il à M. Utterson, je le tiens. Il faut qu'il ait perdu la tête, sans quoi il n'eût jamais laissé derrière lui cette canne, ni surtout détruit ce carnet de chèques. L'argent, voyons, c'est la vie même pour lui. Nous n'avons plus rien d'autre à faire que de l'attendre à la banque, et de publier son signalement.

Ceci, toutefois, n'alla pas sans difficultés ; car peu de gens connaissaient M. Hyde : le maître même de la

---

1. *Fourrager* : mettre en désordre, mettre sens dessus dessous.

servante ne l'avait vu que deux fois ; sa famille demeurait introuvable ; il ne s'était jamais fait photographier ; et les rares personnes en état de le décrire différaient considérablement [1], selon la coutume des observateurs vulgaires. Ils ne s'accordaient que sur un point, à savoir : l'impression obsédante de difformité indéfinissable qu'on ressentait à la vue du fugitif.

V
L'incident de la lettre

Il était tard dans l'après-midi lorsque M. Utterson se présenta à la porte du Dr Jekyll, où il fut reçu aussitôt par Poole, qui l'emmena, par les cuisines et en traversant une cour qui avait été autrefois un jardin, jusqu'au corps de logis qu'on appelait indifféremment le laboratoire ou la salle de dissection. Le docteur avait racheté la maison aux héritiers d'un chirurgien fameux ; et comme lui-même s'occupait plutôt de chimie que d'anatomie, il avait changé la destination du bâtiment situé au fond du jardin. Le notaire était reçu pour la première fois dans cette partie de l'habitation de son ami. Il considérait avec curiosité ces murailles décrépies et dépourvues de fenêtres ; et ce furent des regards fâcheusement dépaysés qu'il promena autour de lui, lorsqu'il traversa l'amphithéâtre, jadis empli d'une foule d'étudiants attentifs et à cette heure vide et silencieux, avec ses tables surchargées d'instruments de chimie, son carreau encombré de touries [2] et jonché de

1. *Différaient considérablement* : étaient d'un avis différent.
2. *Touries* : grandes bouteilles recouvertes de paille ou d'osier et pouvant servir au transport de certaines substances acides.

paille d'emballage sous le jour appauvri que laissait filtrer la coupole embrumée. À l'autre extrémité, des marches d'escalier aboutissaient à une porte revêtue de serge [1] rouge, par où M. Utterson fut enfin admis dans le cabinet du docteur. C'était une vaste pièce, garnie tout autour d'étagères vitrées, meublée principalement d'une psyché [2] et d'une table de travail, et ayant vue sur la cour par trois fenêtres poussiéreuses et grillées de fer. Le feu brûlait dans l'âtre ; une lampe allumée était disposée sur le rebord de la cheminée ; car même dans les intérieurs le brouillard commençait à s'épaissir ; et là, réfugié tout contre la flamme, était assis le Dr Jekyll, qui semblait très malade. Sans se lever pour venir à la rencontre de son visiteur, il lui tendit une main glacée et lui souhaita la bienvenue d'une voix altérée [3].

– Et alors, lui dit M. Utterson, dès que Poole se fut retiré, vous avez appris les nouvelles ?

Le docteur frissonna. Il répondit :

– On les criait sur la place [4] ; je les ai entendues de ma salle à manger.

– Un mot, dit le notaire. Carew était mon client, mais vous l'êtes aussi, et je tiens à savoir ce que je fais. Vous n'avez pas été assez fou pour cacher ce garçon ?

---

1. *Serge* : tissu de laine.
2. *Psyché* : glace mobile que l'on peut incliner à volonté et qui permet ainsi de se regarder en pied. Le docteur Jekyll expliquera dans le chapitre X les causes présidant à la présence de ce miroir dans sa chambre : « Il n'existait pas de miroir, à l'époque, dans ma chambre ; celui qui se trouve à côté de moi, tandis que j'écris ceci, y fut installé beaucoup plus tard et en vue même de ces métamorphoses. »
3. Cf. note 1, p. 36.
4. *On les criait sur la place* : dans l'Angleterre du XIXe siècle, les marchands de journaux avaient coutume de crier les nouvelles sur la place publique.

– Utterson, je prends Dieu à témoin, s'écria le docteur, oui je prends Dieu à témoin que je ne le reverrai de ma vie. Je vous donne ma parole d'honneur que tout est fini dans ce monde entre lui et moi. C'est absolument fini. Et d'ailleurs, il n'a pas besoin de mon aide ; vous ne le connaissez pas comme je le connais ; il est à l'abri, il est tout à fait à l'abri, notez bien mes paroles, on n'aura plus jamais de ses nouvelles.

Le notaire l'écoutait d'un air soucieux : l'attitude fiévreuse de son ami lui déplaisait. Il répliqua :

– Vous semblez joliment sûr de lui, et dans votre intérêt je souhaite que vous ne vous trompiez pas. Si le procès avait lieu, votre nom y serait peut-être prononcé.

– Je suis tout à fait sûr de lui, reprit Jekyll ; ma certitude repose sur des motifs qu'il m'est interdit de révéler à quiconque. Mais il y a un point sur lequel vous pouvez me conseiller. J'ai... j'ai reçu une lettre ; et je me demande si je dois la communiquer à la police. Je m'en remettrais volontiers à vous, Utterson ; vous jugeriez sainement, j'en suis convaincu ; j'ai en vous la plus entière confiance.

– Vous craignez, j'imagine, que cette lettre ne puisse aider à le faire retrouver ? interrogea le notaire.

– Non, répondit l'autre. Je ne puis dire que je me soucie du sort de Hyde ; tout est fini entre lui et moi. Je songeais à ma réputation personnelle, que cette odieuse histoire a quelque peu mise en péril.

Utterson médita quelques instants : l'égoïsme de son ami le surprenait, tout en le rassurant.

– Eh bien, soit, conclut-il enfin, faites-moi voir cette lettre.

Elle était bien libellée d'une singulière écriture droite, et signée « Edward Hyde [1] ». Elle déclarait, en

1. *Edward Hyde* : R. L. Stevenson n'a sans doute pas choisi ce nom par hasard. Edward Hyde est en effet le nom d'un grand

termes assez laconiques [1], que le bienfaiteur du susdit Hyde, le Dr Jekyll, dont il avait longtemps si mal reconnu les mille bienfaits, ne devait éprouver aucune inquiétude au sujet de son salut, car il disposait de moyens d'évasion en lesquels il mettait une entière confiance. Cette lettre plut assez au notaire ; elle jetait sur cette liaison un jour plus favorable qu'il ne l'avait cru ; et il se reprocha quelques-unes de ses suppositions passées.

– Avez-vous l'enveloppe ? demanda-t-il.

– Je l'ai brûlée, répondit Jekyll, avant de songer à ce que je faisais. Mais elle ne portait pas de cachet postal. On a remis la lettre de la main à la main.

– Puis-je garder ce papier jusqu'à demain ? demanda Utterson. La nuit porte conseil.

– Je vous laisse entièrement juge de ma conduite, repartit l'autre. J'ai perdu toute confiance en moi.

– Eh bien, je réfléchirai, conclut le notaire. Et maintenant un dernier mot : c'est Hyde qui vous a dicté les termes de votre testament ayant trait à votre disparition possible ?

Un accès de faiblesse parut envahir le docteur : il serra les dents et fit un signe affirmatif.

– J'en étais sûr, dit Utterson. Il comptait vous assassiner. Vous l'avez échappé belle.

– Bien mieux que cela, répliqua le docteur avec gravité. J'ai reçu une leçon… Ô Dieu, Utterson, quelle leçon j'ai reçue !…

Et il resta un moment la face cachée entre ses mains.

---

homme d'État du XVIIe siècle anglais, le conte de Clarendon (1609-1674) qui, après avoir servi Charles Ier et son fils, connut une période de disgrâce et dut s'exiler en France. Ce personnage historique eut un fils qui porte le même prénom que le docteur Jekyll et qui s'appela donc Henry Hyde…

1. *En termes assez laconiques* : en peu de mots, brièvement.

Avant de quitter la maison, le notaire s'arrêta pour échanger quelques mots avec Poole.

– À propos, lui dit-il, on a apporté une lettre aujourd'hui. Quelle figure avait le messager ?

Mais Poole fut catégorique : le facteur seul avait apporté quelque chose ; « et il n'a remis que des imprimés », ajouta-t-il.

À cette nouvelle, le visiteur, en s'éloignant, sentit renaître ses craintes. D'évidence, la lettre était arrivée par la porte du laboratoire ; peut-être même avait-elle été écrite dans le cabinet ; et dans ce dernier cas, il fallait en juger différemment, et ne s'en servir qu'avec beaucoup de circonspection [1]. Les vendeurs de journaux, sur son chemin, s'égosillaient au long des trottoirs : « Édition spéciale ! Abominable assassinat d'un membre du Parlement ! » C'était là pour lui l'oraison funèbre [2] d'un client et ami ; et il ne pouvait s'empêcher d'appréhender plus ou moins que la bonne renommée d'un autre encore ne fût entraînée dans le tourbillon du scandale. En tout cas, la décision qu'il avait à prendre était scabreuse [3] ; et en dépit de son assurance habituelle, il en vint peu à peu à désirer un conseil. Il ne pouvait être question de l'obtenir directement ; mais peut-être, se disait-il, arriverait-on à le soutirer par un détour habile.

Quelques minutes plus tard, il était chez lui, installé d'un côté de la cheminée, dont M. Guest, son principal clerc, occupait l'autre. À mi-chemin entre les deux, à une distance du feu judicieusement calculée, se dressait une bouteille d'un certain vieux vin qui avait longtemps

1. *Avec beaucoup de circonspection* : avec beaucoup de prudence et de discrétion.

2. *L'oraison funèbre* : littéralement, discours que l'on prononce à l'occasion des funérailles d'un personnage célèbre.

3. *Scabreuse* : délicate, risquée.

séjourné à l'abri du soleil dans les caves de la maison. Le brouillard planait encore, noyant la ville, où les réverbères scintillaient comme des rubis ; et parmi l'asphyxiante opacité de ces nuages tombés du ciel, le cortège sans cesse renouvelé de la vie urbaine se déroulait parmi les grandes artères avec le bruit d'un vent véhément. Mais la lueur du feu égayait la chambre. Dans la bouteille les acides du vin s'étaient depuis longtemps résolus ; la pourpre impériale s'était atténuée avec l'âge, comme s'enrichit la tonalité d'un vitrail ; et la splendeur des chaleureuses après-midi d'automne sur les pentes des vignobles n'attendait plus que d'être libérée pour disperser les brouillards londoniens. Graduellement le notaire s'amollit. Il n'y avait personne envers qui il gardât moins de secrets que M. Guest et il n'était même pas toujours sûr d'en garder autant qu'il le désirait. Guest avait fréquemment été chez le docteur pour affaires ; il connaissait Poole ; il ne pouvait pas être sans avoir appris les accointances [1] de M. Hyde dans la maison ; il avait dû en tirer ses conclusions ; ne valait-il donc pas mieux lui faire voir une lettre qui mettait ce mystère au point ? et cela d'autant plus que Guest, en sa qualité de grand amateur et expert en graphologie [2], considérerait la démarche comme naturelle et flatteuse ? Le clerc, en outre, était de bon conseil ; il n'irait pas lire un document aussi singulier sans lâcher une remarque ; et d'après cette remarque M. Utterson pourrait diriger sa conduite ultérieure.

– Bien triste histoire, cet assassinat de sir Danvers, prononça le notaire.

---

1. *Accointances* : fréquentations, relations.

2. *Graphologie* : étude de la forme des lettres et de l'allure générale de l'écriture permettant de déterminer l'identité de celui qui écrit et d'observer le cas échéant son caractère et sa personnalité.

– Oui, monsieur, en effet. Elle a considérablement ému l'opinion publique, répliqua Guest. Le criminel, évidemment, était fou.

– J'aimerais savoir votre avis là-dessus, reprit Utterson. J'ai ici un document de son écriture ; soit dit entre nous, car je ne sais pas encore ce que je vais en faire ; c'est à tout prendre une vilaine histoire. Mais voici la chose ; tout à fait dans vos cordes ; un autographe d'assassin.

Le regard de Guest s'alluma, et il s'attabla aussitôt pour examiner le papier avec avidité.

– Non, monsieur, dit-il, ce n'est pas d'un fou ; mais c'est une écriture contrefaite.

– Comme son auteur, alors, car lui aussi est très contrefait.

À ce moment précis, le domestique entra, porteur d'un billet.

– Est-ce du Dr Jekyll, monsieur ? interrogea le clerc. Il m'a semblé reconnaître son écriture. Quelque chose de personnel, monsieur Utterson ?

– Une simple invitation à dîner. Pourquoi ? Vous désirez la voir ?

– Rien qu'un instant... Je vous remercie, monsieur.

Et le clerc, disposant les papiers côte à côte, compara attentivement leurs teneurs.

– Merci, monsieur, dit-il enfin, en lui restituant les deux billets ; c'est un autographe des plus intéressants.

Il y eut un silence, au cours duquel M. Utterson lutta contre lui-même. Puis il demanda tout à coup :

– Dites-moi : Guest, pourquoi les avez-vous comparés ?

– Eh bien, monsieur, répondit le clerc, c'est qu'ils présentent une assez singulière ressemblance ; les deux écritures sont sous beaucoup de rapports identiques ; elles ne diffèrent que par l'inclinaison.

– Assez singulier, dit Utterson.

– C'est, comme vous dites, assez singulier, répliqua Guest.

– Il vaut mieux que je ne parle pas de cette lettre, vous le voyez, dit le notaire.

– Non, monsieur, dit le clerc. Je comprends.

Mais M. Utterson ne fut pas plus tôt seul ce soir-là, qu'il enferma la lettre dans son coffre-fort, d'où elle ne bougea plus désormais. « Hé quoi ! songeait-il, Henry Jekyll devenu faussaire [1] pour sauver un criminel ! »

Et il sentit dans ses veines courir un frisson glacé.

VI
Le remarquable incident du Dr Lanyon

Le temps s'écoulait ; des milliers de livres étaient offertes en récompense, car la mort de sir Danvers Carew constituait un malheur public ; mais M. Hyde se dérobait aux recherches de la police tout comme s'il n'eût jamais existé. Son passé, toutefois, révélait beaucoup de faits également peu honorables : on apprenait des exemples de la cruauté de cet homme aussi insensible que brutal ; de sa vie de débauche, de ses étranges fréquentations, des haines qu'il avait provoquées autour de lui ; mais sur ses faits et gestes présents, pas le moindre mot. À partir de la minute où il avait quitté sa maison de Soho, le matin du crime, il s'était totalement évanoui. De son côté, à mesure que le temps passait, M. Utterson se remettait peu à peu de sa chaude alarme, et retrouvait sa placidité d'esprit. À son point de vue, la mort de sir Danvers était largement compensée par la disparition de M. Hyde. Depuis que cette mauvaise influence n'existait plus, une vie nouvelle avait commencé pour le

1. *Faussaire* : personne qui fabrique des faux, qui imite des écritures, etc.

Dr Jekyll. Il sortait de sa réclusion, voyait de nouveau ses amis, redevenait leur hôte et leur boute-en-train habituel ; et s'il avait toujours été connu pour ses charités, il se distinguait non moins à cette heure par sa religion. Il était actif, sortait beaucoup, se portait bien ; son visage semblait épanoui et illuminé par l'intime conscience de son utilité sociale. Bref, durant plus de deux mois, le docteur vécut en paix.

Le 8 janvier, Utterson avait dîné chez le docteur, en petit comité ; Lanyon était là ; et le regard de leur hôte allait de l'un à l'autre comme au temps jadis, alors qu'ils formaient un trio d'amis inséparables. Le 12, et à nouveau le 14, le notaire trouva porte close. « Le docteur, lui annonça Poole, s'était enfermé chez lui, et ne voulait recevoir personne. » Le 15, il fit une nouvelle tentative, et essuya le même refus. Comme il s'était réhabitué depuis deux mois à voir son ami presque quotidiennement, ce retour à la solitude lui pesa. Le cinquième soir, il retint Guest à dîner avec lui ; et le sixième, il se rendit chez le Dr Lanyon.

Là, du moins, on ne refusa pas de le recevoir ; mais lorsqu'il entra il fut frappé du changement qui s'était produit dans l'apparence du docteur. Celui-ci avait son arrêt de mort inscrit en toutes lettres sur son visage. Cet homme au teint florissant était devenu blême, ses chairs s'étaient flétries ; il était visiblement plus chauve et plus vieux ; mais ce qui retint l'attention du notaire plus encore que ces témoignages d'une prompte déchéance physique, ce fut une altération [1] du regard et de la manière d'être qui semblait révéler une âme en proie à quelque terreur profonde. Il était peu vraisemblable que le docteur dût craindre la mort ; et ce fut néanmoins là ce qu'Utterson fut tenté de soupçonner.

---

1. Cf. note 1, p. 36.

« Oui, songeait-il, comme médecin, il ne peut manquer de savoir où il en est, et que ses jours sont comptés. Cette certitude l'accable. »

Et néanmoins, quand Utterson lui parla de sa mauvaise mine, ce fut avec un air de grande fermeté que Lanyon se déclara condamné.

– J'ai reçu un coup, dit-il, dont je ne me remettrai pas. Ce n'est plus qu'une question de semaines. Tant pis, la vie avait du bon ; je l'aimais ; oui, monsieur, je m'étais habitué à l'aimer. Je songe parfois que si nous savions tout, nous n'aurions plus d'autre désir que de disparaître.

– Jekyll est malade, lui aussi, remarqua Utterson. L'avez-vous vu ?

Mais Lanyon changea de visage, et il leva une main tremblante.

– Je refuse désormais de voir le Dr Jekyll ou d'entendre parler de lui, dit-il d'une voix forte et mal assurée. J'ai rompu à tout jamais avec cet homme et je vous prie de m'épargner toute allusion à quelqu'un que je considère comme mort.

M. Utterson eut un clappement de langue désapprobateur ; et après un long silence il demanda :

– Ne puis-je rien faire ? Nous sommes trois fort vieux amis, Lanyon ; nous ne vivrons plus assez longtemps pour en trouver d'autres.

– Il n'y a rien à faire, répliqua Lanyon ; interrogez-le lui-même.

– Il refuse de me voir, dit le notaire.

– Cela ne m'étonne pas, repartit l'autre. Un jour, Utterson, lorsque je serai mort, vous apprendrez peut-être les bonnes et les mauvaises raisons de cette rupture. Je ne puis vous les dire. Et en attendant, si vous vous sentez capable de vous asseoir et de parler d'autre chose, pour l'amour de Dieu, restez et faites-le ; mais si vous ne pouvez pas vous empêcher de revenir sur ce maudit sujet, alors, au nom de Dieu, allez-vous-en, car je ne le supporterais pas.

Sitôt rentré chez lui, Utterson se mit à son bureau et écrivit à Jekyll, se plaignant d'être exclu de chez lui et lui demandant la cause de cette fâcheuse brouille avec Lanyon. Le lendemain, il reçut une longue réponse, rédigée en termes le plus souvent très véhéments, mais çà et là d'une obscurité impénétrable. Le différend [1] avec Lanyon était sans remède.

« Je ne blâme pas notre vieil ami, écrivait Jekyll, mais je partage son avis que nous ne devons jamais nous revoir. J'ai l'intention dorénavant de mener une vie extrêmement retirée ; il ne faut pas vous en étonner, et vous ne devez pas non plus douter de mon amitié, si ma porte est souvent condamnée même pour vous. Laissez-moi suivre ma voie ténébreuse. J'ai attiré sur moi un châtiment et un danger qu'il m'est interdit de préciser. Si je suis un grand coupable, je souffre aussi en proportion. Je ne croyais pas que cette terre pût renfermer des souffrances et des terreurs à ce point démoralisantes. La seule chose que vous puissiez faire pour alléger mon sort, Utterson, c'est de respecter mon silence. »

Utterson en fut stupéfait : la sinistre influence de Hyde avait disparu, le docteur était retourné à ses travaux et à ses amitiés d'autrefois ; huit jours plus tôt l'avenir le plus souriant lui promettait une vieillesse heureuse et honorée ; et voilà qu'en un instant, amitié, paix d'esprit, et toutes les joies de son existence sombraient à la fois. Une métamorphose aussi complète et aussi imprévue relevait de la folie ; mais d'après l'attitude et les paroles de Lanyon, elle devait avoir une raison plus profonde et cachée.

Au bout de huit jours, Lanyon s'alita, et en un peu moins d'une quinzaine il était mort. Le soir des funé-

1. *Le différend* : la querelle, le désaccord.

railles, qui l'avaient affecté douloureusement, Utterson s'enferma à clef dans son cabinet de travail, et s'attablant à la lueur mélancolique d'une bougie, sortit et étala devant lui une enveloppe libellée de la main et scellée du cachet de son ami défunt. « CONFIDENTIEL. Destiné à J. G Utterson SEUL et en cas de sien prédécès *à détruire tel quel* », disait la suscription [1] impérative. Le notaire redoutait de passer au contenu. « J'ai déjà enterré un ami aujourd'hui, songeait-il ; qui sait si ce papier ne va pas m'en coûter un second ? » Mais il repoussa cette crainte comme injurieuse, et rompit le cachet. Il y avait à l'intérieur un autre pli également scellé, et dont l'enveloppe portait : « À n'ouvrir qu'au cas de mort ou de disparition du Dr Henry Jekyll. » Utterson n'en croyait pas ses yeux. Oui, le mot disparition y était bien ; ici encore, de même que dans l'absurde testament qu'il avait depuis longtemps restitué à son auteur, ici encore se retrouvait l'idée de disparition, accolée au nom d'Henry Jekyll. Mais dans le testament, cette idée avait jailli de la sinistre inspiration du sieur Hyde ; on ne l'y employait que dans un dessein trop clair et trop abominable. Écrit de la main de Lanyon, que pouvait-il signifier ? Une grande curiosité envahit le dépositaire ; il fut tenté de passer outre à l'interdiction et de plonger tout de suite au fond de ces mystères ; mais l'honneur professionnel et la parole donnée à son ami défunt lui imposaient des obligations impérieuses [2] ; et le paquet alla dormir dans le coin le plus reculé de son coffre-fort.

Il est plus facile de refréner sa curiosité que de l'abolir ; et on peut se demander si, à partir de ce jour, Utterson rechercha avec le même empressement la

1. *La suscription* : formule écrite sur l'enveloppe d'une lettre.
2. *Des obligations impérieuses* : des obligations pressantes, auxquelles on ne peut se soustraire.

compagnie de son ami survivant. Il songeait à lui avec bienveillance ; mais ses pensées étaient inquiètes et pleines de crainte. Il alla bien pour lui faire visite ; mais il fut presque soulagé de se voir refuser l'entrée de chez lui ; peut-être, au fond, préférait-il causer avec Poole sur le seuil, à l'air libre et environné par les bruits de l'immense capitale, plutôt que d'être reçu dans ce domaine d'une volontaire servitude, pour rester à s'entretenir avec son impénétrable reclus [1]. Poole n'avait d'ailleurs que des nouvelles assez fâcheuses à communiquer. Le docteur, d'après lui, se confinait [2] de plus en plus dans le cabinet au-dessus du laboratoire, où il couchait même quelquefois ; il était triste et abattu, devenait de plus en plus taciturne, et ne lisait plus ; il semblait rongé de souci. Utterson s'accoutuma si bien à l'uniformité de ces rapports, qu'il diminua peu à peu la fréquence de ses visites.

VII
L'incident de la fenêtre

Un dimanche, comme M. Utterson faisait avec M. Enfield sa promenade coutumière, il arriva que leur chemin les fit passer de nouveau par la petite rue. Arrivés à hauteur de la porte, tous deux s'arrêtèrent pour la considérer.

– Allons, dit Enfield, voilà cette histoire-là enfin terminée. Nous ne reverrons plus jamais M. Hyde.

– Je l'espère, dit Utterson. Vous ai-je jamais raconté que je l'ai vu une fois, et que j'ai partagé votre sentiment de répulsion.

1. *Reclus* : personne qui vit enfermée, cloîtrée.
2. *Se confinait* : s'enfermait, s'isolait.

– L'un ne pouvait aller sans l'autre, répliqua Enfield. Et entre parenthèses combien vous avez dû me juger stupide d'ignorer que cette porte fût une sortie de derrière pour le Dr Jekyll ! C'est en partie de votre faute si je l'ai découvert par la suite.

– Alors, vous y êtes arrivé, en fin de compte ? reprit Utterson. Mais puisqu'il en est ainsi, rien ne nous empêche d'entrer dans la cour et de jeter un coup d'œil aux fenêtres. À vous parler franc, je ne suis pas rassuré au sujet de ce pauvre Jekyll ; et même du dehors, il me semble que la présence d'un ami serait capable de lui faire du bien.

Il faisait très froid et un peu humide dans la cour, et le crépuscule l'emplissait déjà, bien que le ciel, tout là-haut, fût encore illuminé par le soleil couchant. Des trois fenêtres, celle du milieu était à demi ouverte, et installé derrière, prenant l'air avec une mine d'une désolation infinie, tel un prisonnier sans espoir, le Dr Jekyll apparut à Utterson.

– Tiens ! vous voilà, Jekyll ! s'écria ce dernier. Vous allez mieux, j'espère.

– Je suis très bas, Utterson, répliqua mornement le docteur, très bas. Je n'en ai plus pour longtemps, Dieu merci.

– Vous restez trop enfermé, dit le notaire. Vous devriez sortir un peu, afin de vous fouetter le sang, comme M. Enfield et moi (je vous présente mon cousin, M. Enfield... Le docteur Jekyll). Allons, voyons, prenez votre chapeau et venez faire un petit tour avec nous.

– Vous êtes bien bon, soupira l'autre. Cela me ferait grand plaisir ; mais, non, non, non, c'est absolument impossible ; je n'ose pas. Quand même, Utterson, je suis fort heureux de vous voir, c'est pour moi un réel plaisir ; je vous prierais bien de monter avec M. Enfield, mais la pièce n'est vraiment pas en état.

– Ma foi, tant pis, dit le notaire, avec bonne humeur, rien ne nous empêche de rester ici en bas et de causer avec vous d'où vous êtes.

– C'est précisément ce que j'allais me hasarder à vous proposer, répliqua le docteur avec un sourire.

Mais il n'avait pas achevé sa phrase, que le sourire s'éteignit sur son visage et fit place à une expression de terreur et de désespoir si affreuse qu'elle glaça jusqu'à la moelle les deux gentlemen d'en bas. Ils ne l'aperçurent d'ailleurs que dans un éclair, car la fenêtre se referma instantanément ; mais cet éclair avait suffi, et tournant les talons, ils sortirent de la cour sans prononcer un mot. Dans le même silence, ils remontèrent la petite rue ; et ce fut seulement à leur arrivée dans une grande artère voisine, où persistaient malgré le dimanche quelques traces d'animation, que M. Utterson se tourna enfin et regarda son compagnon. Tous deux étaient pâles, et leurs yeux reflétaient un effroi identique.

– Que Dieu nous pardonne, que Dieu nous pardonne, répéta M. Utterson.

Mais M. Enfield se contenta de hocher très gravement la tête, et se remit à marcher en silence

VIII
Dernière nuit

Un soir après dîner, comme M. Utterson était assis au coin de son feu, il eut l'étonnement de recevoir la visite de Poole.

– Miséricorde, Poole, qu'est-ce qui vous amène ? s'écria-t-il ; et puis l'ayant considéré avec plus d'attention : Qu'est-ce qui vous arrive ? Est-ce que le docteur est malade ?

– Monsieur Utterson, dit l'homme, il y a quelque chose qui ne va pas droit.

– Prenez un siège, et voici un verre de vin pour vous, dit le notaire. Maintenant ne vous pressez pas, et exposez-moi clairement ce que vous désirez.

– Monsieur, répliqua Poole, vous savez que le docteur a pris l'habitude de s'enfermer. Eh bien, il s'est enfermé de nouveau dans son cabinet de travail ; et cela ne me plaît pas, monsieur… que je meure si cela me plaît. Monsieur Utterson, je vous assure, j'ai peur.

– Voyons, mon brave, dit le notaire, expliquez-vous. De quoi avez-vous peur ?

– Il y a déjà près d'une semaine que j'ai peur, répliqua Poole, faisant la sourde oreille à la question ; et je ne peux plus supporter ça.

La physionomie [1] du domestique confirmait amplement ses paroles ; il n'avait plus aucune tenue ; et à part le moment où il avait d'abord avoué sa peur, il n'avait pas une seule fois regardé le notaire en face. À présent même, il restait assis, le verre de vin posé intact sur son genou, et le regard fixé sur un coin du parquet.

– Je ne peux plus supporter ça, répéta-t-il.

– Allons, Poole, dit le notaire, je vois que vous avez quelque bonne raison ; je vois qu'il y a quelque chose qui ne va réellement pas droit. Essayez de me raconter ce que c'est.

– Je crois qu'il s'est commis un mauvais coup, dit Poole, d'une voix rauque.

– Un mauvais coup ! s'exclama le notaire, passablement effrayé, et assez porté à se fâcher en conséquence. Quel mauvais coup ? Qu'est-ce que cela signifie ?

– Je n'ose pas dire, monsieur, reprit l'autre ; mais voulez-vous venir avec moi vous rendre compte par vous-même ?

Pour toute réponse, M. Utterson se leva et alla prendre son chapeau et son pardessus ; mais il fut tout étonné de voir quel énorme soulagement exprimaient

1. *La physionomie* : les traits du visage.

les traits du maître d'hôtel, et il s'étonna peut-être autant de voir le vin toujours intact dans le verre du valet, lorsque celui-ci le déposa pour partir.

C'était une vraie nuit de mars, tempétueuse et froide ; un pâle croissant de lune, couché sur le dos comme si le vent l'eût culbuté, luisait sous un tissu diaphane et léger de fuyantes effilochures nuageuses. Le vent coupait presque la parole et sa flagellation [1] mettait le sang au visage. Il semblait en outre avoir vidé les rues de passants plus qu'à l'ordinaire ; et M. Utterson croyait n'avoir jamais vu cette partie de Londres aussi déserte. Il eût préféré le contraire ; jamais encore il n'avait éprouvé un désir aussi vif de voir et de coudoyer ses frères humains ; car en dépit de ses efforts, il avait l'esprit accablé sous un angoissant pressentiment de catastrophe. Lorsqu'ils arrivèrent sur la place, le vent y soulevait des tourbillons de poussière, et les ramures squelettiques du jardin flagellaient les grilles. Poole, qui durant tout le trajet n'avait cessé de marcher un pas ou deux en avant, fit halte au milieu de la chaussée, et malgré l'âpre bise, il retira son chapeau et s'épongea le front avec un mouchoir de poche rouge. Mais en dépit de la course rapide, ce qu'il essuyait n'était pas la transpiration due à l'exercice, mais bien la sueur d'une angoisse qui l'étranglait, car sa face était blême et sa voix, lorsqu'il prit la parole, rauque et entrecoupée.

– Eh bien, monsieur, dit-il, nous y voici, et Dieu fasse qu'il ne soit pas arrivé de malheur.

– Ainsi soit-il, Poole, dit le notaire.

Là-dessus le valet heurta d'une façon très discrète ; la porte s'ouvrit, retenue par la chaîne ; et de l'intérieur une voix interrogea :

– C'est vous, Poole ?

– Tout va bien, répondit Poole. Ouvrez.

1. *Flagellation* : coups de fouet (du vent).

Le vestibule, où ils pénétrèrent, était brillamment éclairé ; on avait fait un grand feu, et autour de l'âtre toute la domesticité, mâle et femelle, se tenait rassemblée en tas comme un troupeau de moutons. À la vue de M. Utterson, la femme de chambre fut prise de geignements nerveux ; et la cuisinière, s'écriant : « Dieu merci ! voilà M. Utterson ! » s'élança au-devant de lui comme pour lui sauter au cou.

– Quoi donc ? quoi donc ? Que faites-vous tous ici ? interrogea le notaire avec aigreur. C'est très irrégulier, très incorrect ; s'il le savait, votre maître serait loin d'être satisfait.

– C'est qu'ils ont tous peur, dit Poole.

Nul ne protesta, et il se fit un grand silence ; on n'entendait que la femme de chambre, qui s'était mise à pleurer tout haut.

– Taisez-vous ! lui dit Poole, d'un ton furieux qui témoignait de son énervement personnel. (Et de fait, quand la femme de chambre avait tout à coup haussé la gamme de ses lamentations, tous avaient tressailli et s'étaient tournés vers la porte intérieure avec des airs de crainte et d'anxiété.) Et maintenant, continua le maître d'hôtel en s'adressant au marmiton [1], passez-moi un bougeoir, nous allons tirer cela au clair tout de suite.

Puis, ayant prié M. Utterson de le suivre, il l'emmena dans le jardin de derrière.

– À présent, monsieur, lui dit-il, vous allez faire le moins de bruit possible. Je tiens à ce que vous entendiez et je ne tiens pas à ce qu'on vous entende. Et surtout, monsieur, si par hasard il vous demandait d'entrer, n'y allez pas.

À cette conclusion imprévue, M. Utterson eut un sursaut nerveux qui manqua lui faire perdre l'équilibre ; mais il rassembla son courage et suivit le maître

1. *Marmiton* : jeune aide-cuisinier chargé du plus bas emploi.

d'hôtel dans le bâtiment du laboratoire, puis traversant l'amphithéâtre de dissection, encombré de touries [1] et de flacons, il arriva au pied de l'escalier. Là, Poole lui fit signe de se reculer de côté et d'écouter ; et lui-même, déposant le bougeoir et faisant un appel visible à toute sa résolution, monta les marches et d'une main mal assurée frappa sur la serge rouge de la porte du cabinet.

– Monsieur, c'est M. Utterson qui demande à vous voir, annonça-t-il.

Et en même temps, d'un geste impératif, il engagea le notaire à prêter l'oreille.

Une voix plaintive répondit de l'intérieur :

– Dites-lui qu'il m'est impossible de recevoir qui que ce soit.

– Bien, monsieur, dit Poole, avec dans la voix une sorte d'accent de triomphe.

Et, reprenant le bougeoir, il ramena M. Utterson par la cour jusque dans la grande cuisine, où le feu était éteint et où les blattes [2] sautillaient sur le carreau.

– Monsieur, dit-il en regardant M. Utterson dans les yeux, était-ce la voix de mon maître ?

– Elle m'a paru bien changée, répondit le notaire, très pâle, mais sans détourner le regard.

– Changée ? Certes oui, je le pense, reprit le maître d'hôtel. Après vingt ans passés dans la demeure de cet homme, pourrais-je ne pas connaître sa voix ? Non, monsieur, on a fait disparaître mon maître ; on l'a fait disparaître, il y a huit jours, lorsque nous l'avons entendu invoquer le nom de Dieu ; et *qui* est là à l'intérieur à sa place, et *pourquoi* on reste là, monsieur Utterson, c'est une chose qui crie vengeance au Ciel !

– Voici un conte bien étrange, Poole, voici un conte plutôt invraisemblable, mon ami, dit M. Utterson, en se

1. Cf. note 2, p. 65.

2. *Blattes* : insectes de la famille du cafard.

mordillant le doigt. À supposer qu'il en soit comme vous l'imaginez, à supposer que le Dr Jekyll ait été… eh bien, oui, assassiné, quel motif de rester pourrait avoir son meurtrier ? Cela ne tient pas debout, cela ne supporte pas l'examen.

– Eh bien, monsieur Utterson, vous êtes difficile à convaincre, mais je ne désespère pas d'y arriver, dit Poole. Toute cette dernière semaine, sachez-le donc, cet homme, ou cet être, ou ce je ne sais quoi qui loge dans le cabinet n'a cessé jour et nuit de réclamer à cor et à cri un certain médicament sans arriver à l'obtenir à son idée. Il lui arrivait de temps à autre… c'est de mon maître que je parle… d'écrire ses ordres sur une feuille de papier qu'il jetait dans l'escalier. Nous n'avons rien eu d'autre ces huit derniers jours ; rien que des papiers, et porte de bois [1] ; et jusqu'aux repas qu'on lui laissait là, et qu'il rentrait en cachette lorsque personne ne le voyait. Eh bien, monsieur, tous les jours, oui, et même deux ou trois fois dans une seule journée, c'étaient des ordres et des réclamations, et il m'a fallu courir chez tous les droguistes [2] en gros de la ville. Chaque fois que je rapportais le produit, c'était un nouveau papier pour me dire de le renvoyer parce qu'il n'était pas pur, et un nouvel ordre pour une autre maison. Ce produit, monsieur, on en a terriblement besoin, pour je ne sais quel usage.

– Avez-vous gardé quelqu'un de ces papiers ? demanda M. Utterson.

Poole fouilla dans sa poche et en sortit un billet tout froissé, que le notaire, se penchant plus près de la bougie, déchiffra avec attention. En voici le contenu : « Le Dr Jekyll présente ses salutations à MM. Maw. Il leur

---

1. *Porte de bois* : porte close.

2. *Droguistes* : personnes vendant des produits chimiques et pharmaceutiques, des « drogues ».

affirme que le dernier échantillon qu'ils lui ont fait parvenir est impur et absolument inutilisable pour son présent besoin. En l'année 18.., le Dr Jekyll en a acheté une assez grande quantité chez MM. Maw. Il les prie aujourd'hui de vouloir bien faire les recherches les plus diligentes [1], et s'il leur en reste un peu de la même qualité, de le lui envoyer aussitôt. Peu importe le coût. Ce produit est pour le Dr Jekyll d'une importance tout à fait exceptionnelle. » Jusqu'ici l'allure du billet s'était maintenue suffisamment normale, mais arrivé là, écorchant soudain le papier d'une plume rageuse, le scripteur [2] avait donné libre cours à ses sentiments. « Pour l'amour de Dieu, ajoutait-il, retrouvez-m'en un peu de l'ancien ! »

– Voici un billet étrange, dit M. Utterson ; puis avec sévérité : Comment se fait-il que vous l'ayez, tout décacheté, en votre possession ?

– L'employé de chez Maw était si fort en colère, monsieur, qu'il me l'a rejeté comme de l'ordure, répondit Poole.

– C'est indiscutablement l'écriture du docteur, vous savez ? reprit le notaire.

– Je me disais bien qu'elle y ressemblait, dit le serviteur, mal convaincu. Et puis, sur un nouveau ton, il reprit : Mais qu'importe l'écriture, puisque je l'ai vu !

– Vous l'avez vu ? répéta M. Utterson. Et alors ?

– Tenez ! dit Poole, voici la chose. Je suis entré tout d'un coup dans l'amphithéâtre, venant du jardin. Il avait dû se glisser au-dehors pour se mettre en quête du produit, ou faire je ne sais quoi ; car la porte du cabinet était ouverte, et il se trouvait tout au fond de la salle en train de fourrager parmi les touries [3]. À mon arrivée, il leva les yeux, poussa comme un cri plaintif, et s'enfuit

1. *Les plus diligentes* : les plus assidues et les plus rapides.
2. *Scripteur* : personne qui écrit un texte manuscrit.
3. Cf. notes 1, p. 64 et 2, p. 65.

par l'escalier jusque dans le cabinet. Je ne l'ai vu qu'une minute, mais les cheveux m'en ont dressé sur le crâne comme des baguettes. Dites, monsieur, si c'était là mon maître, pourquoi avait-il un masque sur la figure ? Si c'était mon maître, pourquoi a-t-il poussé ce cri de rat, et pourquoi s'est-il sauvé en me voyant ? Je l'ai servi assez longtemps. Et puis…

Mais l'homme se tut et se passa la main sur le visage.

– Toutes ces circonstances sont en effet bien bizarres, dit M. Utterson, mais je crois que je commence à y voir clair. Votre maître, Poole, est sans nul doute atteint d'une de ces maladies qui torturent à la fois et défigurent leur victime ; de là, selon toute probabilité, l'altération [1] de sa voix ; de là le masque et son éloignement de ses amis ; de là son anxiété de trouver ce produit, grâce auquel la pauvre âme garde l'espoir d'une guérison finale. Dieu fasse que cet espoir ne soit pas

trompé ! Voilà mon explication : elle est suffisamment triste, Poole, voire affreuse à envisager, mais elle est simple et naturelle, elle est cohérente, et elle nous délivre de toutes craintes exagérées.

– Monsieur, dit le maître d'hôtel, envahi d'une pâleur livide, cet être n'était pas mon maître, et voilà la vérité. Mon maître (et ce disant il regarda autour de lui et baissa la voix) est un homme grand et bien fait, et celui-ci était une sorte de nabot [2].

Utterson voulut protester.

– Oh ! monsieur, s'écria Poole, croyez-vous que je ne connaisse pas mon maître au bout de vingt ans ? Croyez-vous que je ne sache pas à quelle hauteur sa tête arrive dans l'encadrement de la porte du cabinet où je l'ai vu chaque matin de ma vie ? Non, monsieur, jamais ! Cet être au masque n'était pas le docteur

1. Cf. note 1, p. 36.

2. *Nabot* : personne de très petite taille.

Jekyll ; et c'est mon intime conviction qu'il y a eu assassinat.

– Poole, répliqua le notaire, dès lors que vous dites cela, je vais me trouver dans l'obligation de m'en assurer. Malgré tout mon désir de ménager les sentiments de votre maître, malgré tous mes doutes en présence de ce billet qui semble prouver qu'il est encore vivant, je dois considérer comme de mon devoir de forcer cette porte.

– Ah ! monsieur Utterson, voilà qui est parler, s'écria le maître d'hôtel.

– Et maintenant, passons à une autre question, reprit Utterson : qui va s'en charger ?

– Mais, vous et moi, monsieur, répliqua l'autre sans sourciller.

– Très bien dit, déclara le notaire, et quoi qu'il en résulte, je saurai faire en sorte que vous n'y perdiez rien.

– Il y a une hache dans l'amphithéâtre, continua Poole, et vous pourriez prendre pour vous le tisonnier [1] de la cuisine.

Le notaire s'empara de cet outil grossier mais pesant, et le brandit.

– Savez-vous, Poole, dit-il en levant les yeux que nous allons, vous et moi, nous exposer à un certain danger ?

– Certes, monsieur, vous pouvez bien le dire, répondit le maître d'hôtel.

– Il vaut donc mieux parler franc. Nous en savons l'un et l'autre plus long que nous n'en avons dit ; ne nous cachons plus rien. Cet individu masqué que vous avez vu, l'avez-vous reconnu ?

– Ma foi, monsieur, cela s'est fait si vite, et cette créature était tellement courbée en deux, que je n'en jurerais pas. Mais si vous voulez dire : était-ce M. Hyde ?... eh bien, oui, je crois que c'était lui ! Voyez-vous, il était

1. *Tisonnier* : instrument servant à attiser le feu au moyen duquel on remue les tisons, la braise.

à peu près de la même carrure, et il avait la même démarche leste et agile ; et d'ailleurs qui d'autre aurait pu s'introduire par la porte du laboratoire ? N'oubliez pas, monsieur, que lors du crime, il avait encore la clef sur lui. Mais ce n'est pas tout. Je ne sais, monsieur Utterson, si vous avez jamais rencontré ce M. Hyde ?

– Si fait, répliqua le notaire, j'ai causé une fois avec lui.

– En ce cas, vous devez savoir aussi bien que nous tous que ce gentleman avait quelque chose de bizarre... quelque chose qui vous retournait... je ne sais vraiment pas m'expliquer autrement que ceci : on se sentait devant lui comme un vide et un froid dans les moelles.

– J'avoue que j'ai éprouvé un peu ce que vous dites là, fit M. Utterson.

– Vous y êtes, monsieur. Eh bien ! quand cette créature masquée a jailli, tel un singe, d'entre les produits

chimiques et a filé dans le cabinet, c'est comme de la glace qui m'est descendue le long de l'échine. Oh ! je sais bien que ce n'est pas une preuve, monsieur Utterson ; je suis assez instruit pour cela ; mais on a sa petite jugeotte, et je vous jure sur la Bible que c'était là M. Hyde.

– Soit, soit, dit le notaire. Mes craintes m'inclinent à le croire aussi. Du mal, j'en ai peur... il ne pouvait sortir que du mal de cette relation. Si fait, vraiment, je vous crois ; je crois que ce pauvre Harry [1] a été tué ; et je crois que son assassin... dans quel but, Dieu seul pourrait le dire... s'attarde encore dans la demeure de sa victime. Eh bien ! nous lui apporterons la vengeance. Faites venir Bradshaw.

Le valet désigné arriva, très pâle et énervé.

– Remettez-vous, Bradshaw, lui dit le notaire. Cette attente, je le sais, vous est pénible à tous ; mais nous

1. Cf. note 4, p. 52.

avons pris la résolution d'en finir. Poole et moi nous allons pénétrer de vive force dans le cabinet. Si tout est en règle, j'ai assez bon dos pour supporter la responsabilité. Cependant, de crainte qu'il n'y ait réellement du mauvais, ou qu'un malfaiteur ne tente de s'échapper par les derrières, vous ferez le tour par le coin avec le marmiton, munis d'une bonne trique chacun, et vous vous posterez à la porte du laboratoire. Nous vous laissons dix minutes pour prendre vos dispositions.

Tandis que Bradshaw s'éloignait, le notaire, consultant sa montre, ajouta :

– Et maintenant, Poole, prenons les nôtres.

Et emportant le tisonnier sous son bras, il s'avança le premier dans la cour. Les nuages s'étaient amoncelés devant la lune, et il faisait à cette heure tout à fait noir. Le vent, qui n'arrivait au fond de ce puits de bâtiments que par bouffées intermittentes [1], faisait vaciller la flamme de la bougie ; mais enfin ils arrivèrent dans l'abri de l'amphithéâtre, où ils s'assirent pour attendre en silence. La rumeur grandiose de Londres s'élevait de toutes parts ; mais à proximité immédiate, le silence n'était interrompu que par le bruit d'un pas allant et venant sur le parquet du cabinet.

– C'est ainsi qu'il marche toute la journée, monsieur, chuchota Poole ; oui, et voire la plus grande partie de la nuit. Il n'y a un peu de répit que quand il reçoit un nouvel échantillon de chez le droguiste. Ah ! il faut une bien mauvaise conscience pour être ainsi ennemi du repos. Ah ! monsieur, dans chacun de ces pas il y a du sang traîtreusement répandu ! Mais écoutez encore, d'un peu plus près… et dites-moi, monsieur Utterson, du fond du cœur : est-ce l'allure du docteur ?

Les pas résonnaient furtifs et légers, et quasi dansants malgré leur lenteur : ils différaient complètement

1. *Intermittentes* : discontinues, irrégulières.

de la marche pesante et sonore de Henry Jekyll. Utterson poussa un soupir et demanda :

– Est-ce qu'on n'entend jamais rien d'autre ?

Poole fit un signe affirmatif, et répondit :

– Si, une fois. Une fois, je l'ai entendu pleurer.

– Pleurer ? Comment cela ? reprit le notaire, envahi tout à coup d'un frisson d'horreur.

– Pleurer comme une femme ou comme une âme en peine, répondit le maître d'hôtel. Quand je suis parti, cela m'est resté sur le cœur, si bien que j'en aurais pleuré aussi.

Mais les dix minutes tiraient à leur fin. Poole sortit la hache de dessous un tas de paille d'emballage ; on déposa le bougeoir sur la table la plus proche afin d'y voir clair pour l'attaque ; et, retenant leur souffle, tous deux s'approchèrent du lieu où ce pas inlassable allait sans cesse de long en large, et de large en long, dans le calme de la nuit.

– Jekyll, appela Utterson d'une voix forte, je demande à vous voir.

Il se tut quelques instants, mais ne reçut de réponse. Il reprit :

– Je vous en préviens tout net, nos soupçons sont éveillés, il faut que je vous voie et je vous verrai : si ce n'est par la persuasion, ce sera autrement… si ce n'est de votre bon gré, ce sera par la violence.

– Utterson, cria la voix, pour l'amour de Dieu, ayez pitié !

– Ah ! ce n'est pas la voix de Jekyll… c'est celle de Hyde ! s'écria Utterson. Enfoncez la porte, Poole !

Poole balança la hache par-dessus son épaule ; sous le coup le bâtiment retentit, et la porte à serge rouge rebondit contre la serrure et les gonds. Du cabinet jaillit un hurlement de détresse, d'une épouvante tout animale. La hache se releva de nouveau, et de nouveau les panneaux craquèrent et l'encadrement sursauta. À quatre reprises le coup retomba, mais le bois était dur et la menuiserie solide. Ce fut seulement au cinquième que la serrure disjointe s'arracha et que les débris de la porte s'abattirent à l'intérieur sur le tapis.

Les assiégeants, intimidés par leur propre tapage et par le silence qui lui avait succédé hésitèrent un peu et regardèrent dans le cabinet qui s'étalait sous leurs yeux à la paisible lumière de la lampe. Un bon feu clair pétillait dans l'âtre, la bouilloire chantonnait son léger refrain, on voyait deux ou trois tiroirs ouverts, des papiers disposés en ordre sur la table de travail, et tout près du feu le nécessaire préparé pour le thé : on eût dit l'intérieur le plus tranquille, et, à part les étagères vitrées pleines d'instruments de chimie, le plus banal qu'il y eût ce soir-là dans tout Londres.

Au beau milieu gisait le corps d'un homme tordu par l'agonie et encore palpitant. Ils s'approchèrent à pas légers, le retournèrent sur le dos et reconnurent les traits de M. Hyde. Il était vêtu d'habits beaucoup trop grands pour lui, d'habits faits à la taille du docteur : les muscles de son visage vibraient encore d'une apparence de vie, mais la vie elle-même l'avait bien abandonné. La fiole broyée qu'il tenait encore, avec l'odeur d'amandes amères qui flottait dans la pièce, révélèrent à Utterson qu'il avait devant lui le cadavre d'un suicidé.

– Nous sommes arrivés trop tard, dit-il, d'un ton sévère, aussi bien pour sauver que pour punir. Hyde est allé trouver son juge ; il ne nous reste plus qu'à découvrir le corps de votre maître.

La portion du bâtiment de beaucoup la plus importante était occupée par l'amphithéâtre qui constituait presque tout le rez-de-chaussée et recevait le jour d'en haut, et par le cabinet, qui formait le premier étage à un bout et prenait vue sur la cour. Un corridor reliait l'amphithéâtre à la porte donnant sur la petite rue ; en outre, le cabinet communiquait séparément avec celle-ci par un second escalier. Il y avait aussi plusieurs réduits obscurs et une vaste cave. Tout cela fut alors minutieusement passé en revue. Chaque réduit n'exigea qu'un coup d'œil, car tous étaient vides et, à voir la poussière qui tombait de leurs portes, aucun d'eux n'avait de longtemps été ouvert. La cave, il est vrai, était encombrée d'un amas d'objets hétéroclites, datant pour la plupart de l'époque du chirurgien prédécesseur de Jekyll ; mais rien qu'en ouvrant la porte ils furent avertis de l'inutilité de plus amples recherches, par la chute d'un revêtement compact de toiles d'araignées qui avaient depuis des ans condamné l'entrée. Nulle part on ne voyait trace de Henry Jekyll, ni mort ni vivant.

Poole frappa du pied les dalles du corridor.

– Il doit être enterré là, dit-il en prêtant l'oreille à la résonance.

– À moins qu'il se soit enfui, dit Utterson.

Et il s'en alla examiner la porte de la petite rue. Elle était fermée de l'intérieur ; et tout auprès, gisant sur les dalles, se trouvait la clef, déjà tachée de rouille.

– Elle n'a pas l'air de servir beaucoup, remarqua le notaire.

– De servir ! répéta Poole. Ne voyez-vous donc pas, monsieur, qu'elle est brisée comme si quelqu'un avait donné un coup de talon dessus ?

– C'est juste, fit Utterson, et même les cassures sont rouillées.

Les deux hommes s'entre-regardèrent, ébahis.

– Ceci me dépasse, Poole, dit le notaire. Retournons dans le cabinet.

Ils gravirent l'escalier en silence, et non sans jeter par intervalles au cadavre un regard terrifié, se mirent à examiner plus en détail le contenu de la pièce. Sur une table se voyaient des traces d'opérations chimiques, plusieurs tas dosés d'un sel blanchâtre étaient préparés sur des soucoupes de verre, comme pour une expérience au milieu de laquelle le malheureux avait été interrompu.

– C'est là ce même produit que j'allais tout le temps lui chercher, dit Poole.

Et il n'avait pas achevé sa phrase que la bouilloire déborda à grand bruit.

Ceci les amena vers la cheminée, auprès de laquelle le fauteuil était frileusement tiré, avec le nécessaire à thé tout disposé à portée de la main, jusqu'à la tasse garnie de sucre. Un rayonnage supportait quelques volumes ; l'un d'eux gisait ouvert à côté du plateau à thé, et Utterson y reconnut avec stupeur un exemplaire d'un ouvrage édifiant [1], pour lequel Jekyll avait maintes fois exprimé une vive estime, et qui se trouvait ici annoté de scandaleux blasphèmes [2] écrits de sa propre main.

Continuant de passer en revue la pièce, les deux perquisiteurs [3] arrivèrent à la psyché, et ils regardèrent dans ses profondeurs avec un effroi involontaire ; mais elle était tournée de façon à ne leur montrer que la rose lueur se jouant au plafond, le feu scintillant en multiples reflets sur les vitres des étagères, et leurs propres physionomies pâles et terrifiées, penchées sur leur image.

– Ce miroir a vu d'étranges choses, monsieur, chuchota Poole.

– Il ne peut avoir rien vu de plus étrange que lui-même, répliqua le notaire sur le même ton. Car que faisait Jekyll…

Il s'interrompit avec un sursaut, et puis surmontant sa faiblesse :

– Quel besoin d'une psyché pouvait bien avoir Jekyll ?

---

1. *Édifiant* : pieux, qui incite à la piété.
2. *Blasphèmes* : paroles outrageant Dieu ou la religion.
3. *Perquisiteurs* : personnes qui procèdent à une perquisition, c'est-à-dire à la fouille d'un lieu.

– Vous avez raison de le dire, dit Poole.

Ils s'occupèrent ensuite de la table de travail. Sur le pupitre, au milieu des papiers rangés avec soin, s'étalait par-dessus tout une grande enveloppe qui portait, écrit de la main du docteur, le nom de M. Utterson. Le notaire la décacheta, et plusieurs plis s'en échappèrent et tombèrent sur le plancher. Le premier contenait une déclaration rédigée dans les mêmes termes extravagants que celle restituée six mois plus tôt, et destinée à servir de testament en cas de mort, et d'acte de donation en cas de disparition, mais remplaçant le nom de Hyde, le notaire y lut, avec un étonnement indescriptible, le nom de Gabriel-John Utterson. Il regarda successivement Poole, puis de nouveau le papier, et enfin le défunt criminel étendu sur le parquet.

– La tête m'en tourne, dit-il. Il a eu ceci à sa disposition tous ces derniers jours, il n'avait aucune raison de m'aimer ; il devait être furieux de se voir évincé ; et il n'a pas détruit ce document !

Il passa au pli suivant : c'était un court billet de la main du docteur et daté dans le haut.

– Oh, Poole, s'écria le notaire, il était ici, et vivant, aujourd'hui même. On ne peut l'avoir fait disparaître en aussi peu de temps : il doit être encore vivant, il doit s'être enfui ?... Au reste, pourquoi fuir ? et comment ? et dans ce cas peut-on se hasarder à appeler cela un suicide ? Oh, il nous faut être circonspects [1]. Je pressens que nous pouvons encore entraîner votre maître dans quelque déplorable catastrophe.

– Pourquoi ne lisez-vous pas, monsieur ? demanda Poole.

– Parce que j'ai peur, répondit le notaire d'un ton tragique, Dieu veuille que je n'en aie pas de motif !

1. *Circonspects* : prudents, attentifs.

Et là-dessus il approcha le papier de ses yeux et lut ce qui suit :

« Mon cher Utterson,

« Lorsque ce mot tombera entre vos mains, j'aurai disparu, d'une façon que je n'ai pas la clairvoyance de prévoir, mais mon instinct, comme la nature de la situation sans nom dans laquelle je me trouve, me disent que ma fin est assurée et qu'elle ne tardera plus. Adieu donc, et lisez d'abord le récit que Lanyon m'a promis de vous faire parvenir ; puis si vous désirez en savoir davantage passez à la confession de

« Votre ami indigne et infortuné,

« HENRY JEKYLL. »

– Il y avait un troisième pli ? demanda Utterson.

– Le voici, monsieur, répondit Poole.

Et il lui tendit un paquet volumineux revêtu de plusieurs cachets.

Le notaire le mit dans sa poche.

– Je ne parlerai pas de ce papier. Que votre maître ait fui ou qu'il soit mort, nous pouvons du moins sauver sa réputation. Il est maintenant dix heures : je vais rentrer chez moi et lire en paix ces documents ; mais je serai de retour avant minuit, c'est alors que nous enverrons chercher la police.

Ils sortirent, refermant à clef derrière eux la porte de l'amphithéâtre ; et Utterson, laissant encore une fois les serviteurs réunis autour du feu dans le vestibule, se rendit à son bureau pour lire les deux récits où il devait enfin trouver l'explication du mystère.

IX
La narration du Dr Lanyon

Le 9 janvier, il y a de cela quatre jours, je reçus par la distribution du soir une lettre recommandée, que m'adressait de sa main mon collègue et ancien camarade de classe, Henry Jekyll. J'en fus très surpris, car nous n'avions pas du tout l'habitude de correspondre ; je l'avais vu, j'avais même dîné avec lui, le soir précédent ; et je ne concevais dans nos rapports rien qui pût justifier la formalité de la recommandation. Le contenu de cette lettre augmenta ma surprise ; car voici ce qu'elle renfermait :

« Le 10 *décembre* 18.. [1]

« Mon cher Lanyon,

« Vous êtes l'un de mes plus anciens amis ; et bien que nous puissions avoir différé parfois d'avis sur des questions scientifiques, je ne me rappelle, du moins de mon côté, aucune infraction à notre bonne entente. Il n'y a pas eu de jour où, si vous m'aviez dit : Jekyll, ma vie, mon honneur, ma raison, dépendent de vous, je n'eusse, pour vous sauver, sacrifié ma fortune, ou ma main gauche. Lanyon, ma vie, mon honneur, ma raison, tout cela est à votre merci : si vous ne venez à mon aide, cette nuit, je suis perdu. Vous pourriez supposer, après cet exorde [2], que je vais vous demander quelque chose de déshonorant. Jugez-en par vous-même.

« Je désire que vous renonciez pour ce soir à tous autres engagements… fussiez-vous mandé au chevet

1. *Le 10 décembre 18..* : au vu de la date figurant en tête de chapitre, cet en-tête est probablement faux, erreur qui tendrait à prouver la folie progressive dans laquelle sombre Jekyll.
2. *Exorde* : introduction, préambule, entrée en matière.

d'un empereur ; que vous preniez un cab, à moins que vous n'ayez justement votre voiture à la porte ; et muni de cette lettre-ci comme référence, que vous vous fassiez conduire tout droit à mon domicile. Poole, mon maître d'hôtel, est prévenu ; vous le trouverez vous attendant avec un serrurier. Il vous faut alors faire crocheter la porte de mon cabinet, où vous entrerez seul ; vous ouvrirez la vitrine marquée d'un E [1], à main gauche, en forçant la serrure au besoin si elle était fermée ; et vous y prendrez, *avec son contenu tel quel*, le quatrième tiroir à partir du haut, ou (ce qui revient au même) le troisième à partir du bas. Dans mon excessive angoisse, j'ai une peur maladive de vous mal renseigner ; mais même si je suis dans l'erreur, vous reconnaîtrez le bon tiroir à son contenu : des paquets de poudres, une fiole et un cahier de papier. Ce tiroir, je vous conjure de le rapporter avec vous à Cavendish Square exactement comme il se trouve.

« Telle est la première partie du service ; passons à la seconde. Vous serez de retour, si vous vous mettez en route dès la réception de la présente, bien avant minuit, mais je tiens à vous laisser toute cette marge, non seulement dans la crainte d'un de ces obstacles qu'on ne peut ni empêcher ni prévoir, mais parce qu'il vaut mieux, pour ce qui vous restera à faire, choisir une heure où vos domestiques seront couchés. À minuit donc, je vous prierai de vous trouver seul dans votre cabinet de consultation, d'introduire vous-même chez vous un homme qui se présentera de ma part, et de lui remettre le tiroir que vous serez allé chercher dans mon cabinet.

« Vous aurez alors joué votre rôle et mérité mon entière gratitude. En cinq minutes de plus, si vous insistez pour avoir une explication, vous aurez compris l'importance capitale de ces dispositions, et qu'il vous

1. *E* : sans doute pour *Experiment* (expérience en anglais).

suffirait d'en négliger une seule, pour vous mettre sur la conscience ma mort ou le naufrage de ma raison.

« Malgré ma certitude que vous ne prendrez pas cette requête [1] à la légère, le cœur me manque et ma main tremble à la seule idée d'une telle possibilité. Songez que je suis à cette heure dans un lieu étranger, à me débattre sous une noire détresse qu'aucune imagination ne saurait égaler, et pourtant bien assuré que, si vous m'obligez ponctuellement, mes tribulations [2] s'évanouiront comme un rêve. Obligez-moi, mon cher Lanyon, et sauvez

« VOTRE AMI,

« H. J. »

« P.-S. – J'avais déjà fermé l'enveloppe quand une nouvelle crainte m'a frappé. Il peut arriver que la poste trompe mon attente, et que cette lettre ne vous parvienne pas avant demain matin. Dans ce cas, mon cher Lanyon, faites ma commission lorsque cela vous sera le plus commode dans le courant de la journée ; et encore une fois attendez mon messager à minuit. Il sera peut-être alors déjà trop tard ; et si la nuit se passe sans que vous voyez rien venir, sachez que c'en sera fait de Henry Jekyll. »

La lecture de cette lettre me persuada que mon collègue était devenu fou ; mais tant que je n'en avais pas la preuve indéniable, je me voyais contraint de faire comme il m'en priait. Moins je voyais clair dans ce brouillamini [3], moins j'étais en situation de juger de son importance ; et on ne pouvait, sans prendre une responsabilité grave, rejeter une prière libellée [4] en pareils termes.

---

1. Cf. note 2, p. 59.
2. *Tribulations* : tourments, déboires, mésaventures.
3. *Brouillamini* : embrouillamini, confusion extrême.
4. *Libellée* : ici, formulée, présentée.

Je me levai donc de table, pris une voiture, et me rendis droit chez le Dr Jekyll. Le maître d'hôtel m'attendait : il avait reçu par le même courrier que moi une lettre recommandée contenant des instructions et avait envoyé aussitôt chercher un serrurier et un menuisier. Ces deux artisans arrivèrent tandis que nous causions encore ; et nous nous rendîmes tous ensemble à l'ancien amphithéâtre anatomique du Dr Denman, par où (comme vous le savez sans doute) on accède le plus aisément au cabinet personnel du Dr Jekyll.

La porte en était solide, la serrure excellente ; le menuisier avoua qu'il aurait beaucoup de mal et qu'il lui faudrait faire beaucoup de dégâts, si l'on devait recourir à la violence ; et le serrurier désespérait presque. Mais ce dernier était un garçon de ressource ; et au bout de deux heures de travail, la porte fut ouverte. La vitrine marquée d'un E n'était pas fermée à clef ; je pris le tiroir, le fis garnir de paille et emballer dans un drap de lit, puis je retournai avec l'objet à Cavendish Square.

Là, je me mis en devoir d'examiner son contenu. Les paquets de poudres étaient assez proprement faits, mais non pas avec l'élégance du droguiste [1] de profession ; je compris sans peine qu'ils étaient de la fabrication personnelle de Jekyll. En ouvrant l'un de ces paquets, je trouvai ce qui me parut être un simple sel cristallin de couleur blanche. La fiole, dont je m'occupai ensuite, pouvait être à moitié pleine d'un liquide rouge sang, qui piquait fortement aux narines et qui me parut contenir du phosphore et un éther volatil [2]. Quant aux autres ingrédients, je dus m'abstenir de conjectures [3]. Le cahier était un banal cahier d'écolier et contenait presque uni-

---

1. Cf. note 2, p. 84.
2. *Volatil* : qui s'évapore, disparaît facilement.
3. *Je dus m'abstenir de conjectures* : je dus m'abstenir d'échafauder des hypothèses.

quement une série de dates. Celles-ci embrassaient une période de plusieurs années, mais je remarquai que les écritures avaient cessé depuis près d'un an et sans aucune transition. Çà et là une date se complétait d'une brève annotation, en général bornée à un unique mot, tel que : « doublé », qui se présentait peut-être six fois dans un total de plusieurs centaines d'écritures ; ou encore, une seule fois, tout au début de la liste et suivie de plusieurs points d'exclamation, cette mention : « Échec complet !!! »

Tout ceci, quoique fouettant ma curiosité, ne me disait pas grand-chose de précis. J'avais là une fiole contenant une teinture quelconque, une dose d'un sel, et le journal d'une série d'expériences qui n'avaient (comme trop de recherches de Jekyll) abouti à aucun résultat d'une utilité pratique. En quoi la présence de ces objets dans ma maison pouvait-elle affecter aussi bien l'honneur que l'intégrité mentale ou la vie de mon collègue en fuite ? Si son messager pouvait venir en un lieu, pourquoi ne pouvait-il aussi bien aller en un autre ? Et même dans l'hypothèse d'un empêchement, pourquoi ce citoyen-là devait-il être reçu par moi en secret ? Plus je réfléchissais, plus je me convainquais d'avoir affaire à un cas de dérangement cérébral ; aussi, tout en envoyant mes domestiques se coucher, je chargeai un vieux revolver afin de me trouver en état de me défendre.

Les douze coups de minuit avaient à peine retenti sur Londres, que l'on heurta tout doucement à ma porte. J'allai moi-même ouvrir, et trouvai un petit homme qui se dissimulait contre les pilastres [1] du porche.

– Venez-vous de la part du Dr Jekyll ? lui demandai-je.

1. *Pilastres* : ici, piliers.

Il me fit signe que oui, d'un geste contraint ; et lorsque je l'eus invité à entrer, il ne m'obéit qu'après avoir jeté en arrière un regard inquisiteur [1] dans les ténèbres de la place. Non loin, un policeman s'avançait la lanterne au poing. À cette vue il me sembla que mon visiteur tressaillait et se hâtait davantage.

Ces particularités me frappèrent, je l'avoue, désagréablement ; et, tandis que je le suivais jusque dans la brillante clarté de mon cabinet de consultation je me tins prêt à faire usage de mon arme. Là, enfin, j'eus tout loisir de le bien voir. Ce qui du moins était sûr, c'est que je ne l'avais jamais rencontré auparavant. Il était petit, comme je l'ai déjà dit ; en outre je fus frappé par l'expression repoussante de sa physionomie, par l'aspect exceptionnel qu'il présentait, d'une grande activité musculaire jointe à une non moins grande faiblesse apparente de constitution, et enfin, et plus encore peut-être, par le singulier trouble physiologique que son voisinage produisait en moi. Ce trouble présentait quelque analogie avec un début d'ankylose [2], et s'accompagnait d'un notable affaiblissement du pouls. Sur le moment, je l'attribuai à quelque antipathie personnelle et idiosyncrasique [3], et m'étonnai simplement de l'acuité [4] de ses manifestations ; mais j'ai eu depuis des raisons de croire que son origine était située beaucoup plus profondément dans mon humaine nature, et procédait d'un mobile plus noble que le sentiment de la haine.

Cet individu (qui avait ainsi, dès le premier instant de son arrivée, excité en moi une curiosité que je qualifierais volontiers de malsaine) était vêtu d'une façon

1. *Inquisiteur* : fureteur, curieux.
2. *Un début d'ankylose* : un début de paralysie.
3. *Idiosyncrasique* : personnelle, individuelle ; propre à un tempérament particulier.
4. *Acuité* : caractère aigu, intense.

qui aurait rendu grotesque une personne ordinaire ; car ses habits, quoique d'un tissu coûteux et de bon goût, étaient démesurément trop grands pour lui dans toutes les dimensions : son pantalon lui retombait sur les jambes, et on l'avait retroussé par en bas pour l'empêcher de traîner à terre, la taille de sa redingote lui venait au-dessous des hanches, et son col bâillait largement sur ses épaules. Chose singulière à dire, cet accoutrement funambulesque [1] était loin de me donner envie de rire. Au contraire, comme il y avait dans l'essence même de l'individu que j'avais alors en face de moi quelque chose d'anormal et d'avorté – quelque chose de saisissant, de surprenant et de révoltant – ce nouveau disparate [2] semblait fait uniquement pour s'accorder avec le premier et le renforcer ; si bien qu'à mon intérêt envers la nature et le caractère de cet homme, s'ajoutait une curiosité concernant son origine, sa vie, sa fortune et sa situation

dans le monde.

Ces remarques, auxquelles j'ai dû donner ici un tel développement, ne me prirent en réalité que quelques secondes. Mon visiteur était, du reste, trépidant d'une farouche agitation.

– L'avez-vous ? s'écria-t-il. L'avez-vous ? Et dans l'excès de son impatience il alla jusqu'à me prendre par le bras comme pour me secouer.

À son contact je sentis dans mes veines une sorte de douleur glaciale. Je le repoussai.

– Voyons, monsieur, lui dis-je. Vous oubliez que je n'ai pas encore eu le plaisir de faire votre connaissance. Asseyez-vous, je vous prie.

---

1. *Cet accoutrement funambulesque* : ce déguisement digne d'un funambule.
2. *Ce nouveau disparate* : ce nouveau contraste, cette nouvelle dissemblance.

Et pour lui montrer l'exemple, je m'installai moi-même dans mon fauteuil habituel en imitant mes façons ordinaires avec un malade, aussi bien que me le permettaient l'heure tardive, la nature de mes préoccupations et l'horreur que m'inspirait mon visiteur.

– Je vous demande pardon, docteur Lanyon, répliqua-t-il assez poliment. Ce que vous dites là est tout à fait juste ; et mon impatience a devancé ma politesse. Je suis venu ici à la requête [1] de votre collègue, le Dr Henry Jekyll, pour une affaire d'importance ; et à ce que j'ai compris… (Il s'interrompit ; porta la main à sa gorge, et je pus voir, en dépit de son attitude calme, qu'il luttait contre les approches d'une crise de nerfs.) À ce que j'ai compris, un tiroir…

Mais j'eus pitié de l'angoisse de mon visiteur, non moins peut-être que de ma croissante curiosité.

– Le voici, monsieur, répondis-je, en désignant le tiroir, déposé sur le parquet derrière une table et toujours recouvert de son drap.

Il bondit vers l'objet, puis fit halte, et porta la main à son cœur. J'entendais ses dents grincer par le jeu convulsif [2] de ses mâchoires ; et son visage m'apparut si hagard que je m'en alarmai autant pour sa vie que pour sa raison.

– Remettez-vous, lui dis-je.

Il m'adressa un sourire hideux, et avec le courage du désespoir, il arracha le drap. À la vue du contenu du tiroir, il poussa un grand sanglot exprimant une délivrance si énorme que j'en restai pétrifié. Et dans le même instant, d'une voix redevenue déjà presque naturelle, il me demanda :

– Auriez-vous un verre gradué ?

---

1. Cf. note 2, p. 59.
2. *Convulsif* : nerveux, agité de spasmes.

Je me levai de mon siège avec un certain effort et lui donnai ce qu'il désirait.

Il me remercia d'un geste souriant, mesura quelques gouttes de la teinture rouge, et y ajouta l'une des doses de poudre. La mixture, d'une teinte rougeâtre au début, commença, à mesure que les cristaux se dissolvaient, à foncer en couleur, avec une effervescence notable, et à émettre de petits jets de vapeur.

Tout à coup l'ébullition prit fin, et presque en même temps la combinaison devint d'un pourpre violacé, qui se changea de nouveau et plus lentement en un vert glauque [1]. Mon visiteur, qui suivait ces transformations d'un œil avide, sourit, déposa le verre sur la table, puis se tournant vers moi, me regarda d'un œil scrutateur [2].

– Et maintenant, dit-il, réglons la suite. Voulez-vous être raisonnable ? écouter mon avis, me permettre

d'emporter ce verre avec moi et de sortir d'ici sans autre commentaire ? Ou bien l'excès de votre curiosité l'emporte-t-il ? Réfléchissez avant de répondre, car il en sera fait selon votre volonté. Selon votre volonté, je vous laisserai tel que vous étiez auparavant, ni plus riche, ni plus savant, à moins que la conscience du service rendu à un homme en danger de mort puisse être comptée parmi les richesses de l'âme. Ou bien, si vous le préférez, un nouveau domaine du savoir et de nouveaux chemins conduisant à la puissance et à la renommée vous seront ouverts, ici même, dans cette pièce, sans plus tarder ; et vos regards seront éblouis d'un prodige capable d'ébranler l'incrédulité de Lucifer.

– Monsieur, dis-je, affectant un sang-froid que j'étais loin de posséder en réalité, vous parlez par énigmes, et

---

1. *Vert glauque* : d'un vert qui rappelle l'eau de mer.
2. *Scrutateur* : qui examine avec attention.

vous ne vous étonnerez peut-être pas de ce que je vous écoute avec une assez faible conviction. Mais je me suis avancé trop loin dans la voie des services inexplicables pour m'arrêter avant d'avoir vu la fin.

– C'est bien, répliqua mon visiteur. Lanyon, rappelez-vous vos serments : ce qui va suivre est sous le sceau du secret professionnel. Et maintenant, vous qui êtes resté si longtemps attaché aux vues les plus étroites et les plus matérielles, vous qui avez nié la vertu de la médecine transcendante [1], vous qui avez raillé vos supérieurs, voyez !

Il porta le verre à ses lèvres et but d'un trait. Un cri retentit ; il râla, tituba, se cramponna à la table, et se maintint debout, les yeux fixes et injectés, haletant, la bouche ouverte ; et tandis que je le considérais, je crus voir en lui un changement... il me parut se dilater... sa face devint brusquement noire et ses traits semblèrent se fondre et se modifier... et un instant plus tard je me dressais d'un bond, me rejetant contre la muraille, le bras levé pour me défendre du prodige, l'esprit confondu de terreur.

– Ô Dieu ! m'écriai-je. Et je répétai à plusieurs reprises : « Ô Dieu ! » car là, devant moi, pâle et défait, à demi évanoui, et tâtonnant devant lui avec ses mains, tel un homme ravi au tombeau, se tenait Henry Jekyll !

Ce qu'il me raconta durant l'heure qui suivit, je ne puis me résoudre à l'écrire. Je vis ce que je vis, j'entendis ce que j'entendis, et mon âme en défaillit ; et pour-

1. *Médecine transcendante* : par cette expression, il faut sans doute entendre le contraire de la médecine traditionnelle, incarnée ici par le docteur Lanyon. Que recouvre au juste cette « médecine transcendante » ? Rien n'est plus difficile à dire. Il s'agirait d'après le dernier chapitre d'une médecine métaphysique proche des sciences occultes permettant au docteur Jekyll de se dédoubler en une créature entièrement malfaisante.

tant à l'heure actuelle où ce spectacle a disparu de devant mes yeux je me demande si j'y crois et je ne sais que répondre. Ma vie est ébranlée jusque dans ses racines ; le sommeil m'a quitté ; les plus abominables terreurs m'assiègent à toute heure du jour et de la nuit ; je sens que mes jours sont comptés et que je vais mourir ; et malgré cela je mourrai incrédule.

Quant à l'abjection morale que cet homme me dévoila, non sans des larmes de repentir, je ne puis, même à distance, m'en ressouvenir sans un sursaut d'horreur.

Je n'en dirai qu'une chose, Utterson, et (si toutefois vous pouvez vous résoudre à y croire) ce sera plus que suffisant. L'individu qui, cette nuit-là, se glissa dans ma demeure était, de l'aveu même de Jekyll, connu sous le nom de Hyde et recherché dans toutes les parties du monde comme étant l'assassin de Carew.

HASTIE LANYON.

X
Henry Jekyll fait l'exposé complet de son cas

Je suis né en l'an 18... Héritier d'une belle fortune, doué en outre de facultés remarquables, incité par nature au travail, recherchant la considération des plus sages et des meilleurs d'entre mes contemporains, j'offrais de la sorte, aurait-on pu croire, toutes les garanties d'un avenir honorable et distingué. Et de fait, le pire de mes défauts était cette vive propension à la joie qui fait le bonheur de beaucoup, mais que je trouvais difficile de concilier avec mon désir impérieux de porter la tête haute, et de revêtir en public une mine plus grave que le commun des mortels. Il résulta de là, que je ne me livrai au plaisir qu'en secret ; et lorsque j'atteignis l'âge de la réflexion, et commençai à regarder autour de moi et à me rendre compte de mes progrès et de ma situation dans le monde, je me trouvais déjà réduit à une profonde dualité d'existence [1]. Plus d'un homme aurait tourné en plaisanterie les licences [2] dont je me rendais coupable ; mais des hauteurs idéales que je m'étais assignées [3] je les considérais et les dissimulais avec un sentiment de honte presque maladif. Ce fut donc le caractère tyrannique de mes aspirations, bien plutôt que des vices particulièrement dépravés [4], qui me fit ce que je devins, et, par une coupure plus tranchée que chez la majorité des hommes, sépara en moi ces domaines du bien et du mal où se répartit et dont se compose la double nature de l'homme.

Dans mon cas particulier, je fus amené à méditer de façon intense et prolongée sur cette dure loi de l'existence qui se trouve à la base de la religion et qui constitue l'une des sources de tourments les plus abondantes. Malgré toute ma duplicité [5], je ne méritais nullement le nom d'hypocrite : les deux faces de mon moi étaient également d'une sincérité parfaite ; je n'étais pas plus moi-même quand je rejetais la contrainte et me plongeais dans le vice, que lorsque je travaillais, au grand jour, à acquérir le savoir qui soulage les peines et les maux.

---

1. *Je me trouvais déjà réduit à une profonde dualité d'existence* : j'étais déjà en proie à un profond dédoublement de personnalité.
2. *Licences* : dérèglements, désordres moraux.
3. *Des hauteurs idéales que je m'étais assignées* : depuis les hauteurs idéales que je m'étais fixées.
4. *Des vices particulièrement dépravés* : des mœurs particulièrement vicieuses.
5. *Duplicité* : caractère d'une personne qui joue deux rôles, a une double attitude, voire, comme c'est ici le cas, mène une double vie.

Et il se trouva que la suite de mes études scientifiques, pleinement orientées vers un genre mystique et transcendant [1], réagit et projeta une vive lumière sur l'idée que je me faisais de cette guerre sempiternelle [2] livrée entre mes éléments constitutifs. De jour en jour, et par les deux côtés de mon intelligence, le moral et l'intellectuel, je me rapprochai donc peu à peu de cette vérité, dont la découverte partielle a entraîné pour moi un si terrible naufrage : à savoir, que l'homme n'est en réalité pas un, mais bien deux. Je dis deux, parce que l'état de mes connaissances propres ne s'étend pas au-delà. D'autres viendront après moi, qui me dépasseront dans cette voie ; et j'ose avancer l'hypothèse que l'on découvrira finalement que l'homme est formé d'une véritable confédération de citoyens multiformes, hétérogènes et indépendants.

Pour ma part, suivant la nature de ma vie, je pro-

gressai infailliblement dans une direction, et dans celle-là seule. Ce fut par le côté moral, et sur mon propre individu, que j'appris à discerner l'essentielle et primitive dualité [3] de l'homme ; je vis que, des deux personnalités qui se disputaient le champ de ma conscience, si je pouvais à aussi juste titre passer pour l'un ou l'autre, cela venait de ce que j'étais foncièrement toutes les deux ; et à partir d'une date reculée, bien avant que la suite de mes investigations scientifiques m'eût fait même entrevoir la plus lointaine possibilité de pareil miracle, j'avais appris à caresser amoureusement, tel un beau rêve, le projet de séparer ces éléments constitutifs. Il suffirait, me disais-je, de pouvoir caser chacun d'eux dans une individualité distincte, pour alléger la vie de tout ce qu'elle a d'insupportable : l'injuste alors suivrait

---

1. Cf. note 1, p. 105.
2. *Sempiternelle* : éternelle, continuelle.
3. *Dualité* : caractère de ce qui est double.

sa voie, libéré des aspirations et des remords de son jumeau supérieur ; et le juste s'avancerait d'un pas ferme et assuré sur son chemin sublime, accomplissant les bonnes actions dans lesquelles il trouve son plaisir, sans plus se voir exposé au déshonneur et au repentir causés par ce mal étranger. C'est pour le châtiment de l'humanité que cet incohérent faisceau a été réuni de la sorte – que dans le sein déchiré de la conscience, ces jumeaux antipodiques sont ainsi en lutte continuelle [1]. N'y aurait-il pas un moyen de les dissocier ?

J'en étais là de mes réflexions lorsque, comme je l'ai dit, un rayon inattendu jailli de mes expériences de laboratoire vint peu à peu illuminer la question. Je commençai à percevoir, plus vivement qu'on ne l'a jamais fait, l'instable immatérialité, la fugacité nébuleuse, de ce corps en apparence si solide dont nous sommes revêtus. Je découvris que certains agents ont le pouvoir d'attaquer cette enveloppe de chair et de l'arracher ainsi que le vent relève les pans d'une tente. Mais je ne pousserai pas plus loin cette partie scientifique de ma confession, pour deux bonnes raisons. D'abord, parce que j'ai appris à mes dépens que le calamiteux fardeau de notre vie est pour toujours attaché sur nos épaules, et qu'à chaque tentative que l'on fait pour le rejeter, il n'en retombe sur nous qu'avec un poids plus insolite et plus redoutable. En second lieu, parce que, ainsi que mon récit le rendra, hélas ! trop évident, ma découverte fut incomplète. Je me bornerai donc à dire qu'après avoir reconnu dans mon corps naturel la simple auréole et comme l'émanation de certaines des forces qui constituent mon esprit, je réussis à

1. Le thème des jumeaux rivaux, qui apparaît dans la *Bible* (à travers les personnages de Jacob et Ésaü luttant dans le sein de Rebecca), illustre le thème du dédoublement de la personnalité dont est victime le Dr Jekyll.

composer un produit grâce auquel ces forces pouvaient être dépouillées de leur suprématie, pour faire place à une seconde forme apparente, non moins représentative de mon moi, puisque étant l'expression et portant la marque d'éléments inférieurs de mon âme.

J'hésitai longtemps avant de mettre cette théorie à l'épreuve de l'expérience. Je savais trop que je risquais la mort ; car, avec un produit assez puissamment efficace pour forcer et dominer la citadelle intime de l'individualité, il pouvait suffire du moindre excès dans la dose ou de la moindre intempestivité [1] dans son application, pour qu'elle abolît totalement ce tabernacle immatériel que je comptais lui voir modifier. Mais l'attrait d'une découverte aussi singulière et aussi grosse de conséquences surmonta finalement les objections de la crainte. Depuis longtemps ma teinture était prête ; il ne me resta donc plus qu'à me procurer, dans une maison

de droguerie [2] en gros, une forte quantité d'un certain sel que je savais être, de par mes expériences, le dernier ingrédient nécessaire ; et enfin, par une nuit maudite, je combinai les éléments, les regardai bouillonner et fumer dans le verre, tandis qu'ils réagissaient l'un sur l'autre, et lorsque l'ébullition se fut calmée, rassemblant toute mon énergie, j'absorbai le breuvage.

J'éprouvai les tourments les plus affreux : un broiement dans les os, une nausée mortelle, et une agonie de l'âme qui ne peut être surpassée à l'heure de la naissance ou à celle de la mort. Puis, rapidement, ces tortures déclinèrent, et je revins à moi comme au sortir d'une grave maladie. Il y avait dans mes sensations un je ne sais quoi d'étrange, d'indiciblement neuf, et aussi, grâce à cette nouveauté même, d'incroyablement

1. *Intempestivité* : ici, exagération.
2. *Droguerie* : magasin où l'on vend des produits chimiques et pharmaceutiques, des « drogues ».

exquis. Je me sentais plus jeune, plus léger, plus heureux de corps ; c'était en moi un effrénement capiteux, un flot désordonné d'images sensuelles traversant mon imagination comme un ru de moulin [1], un détachement des obligations du devoir, une liberté de l'âme inconnue mais non pas innocente. Je me sentis, dès le premier souffle de ma vie nouvelle, plus méchant, dix fois plus méchant, livré en esclavage à mes mauvais instincts originels ; et cette idée, sur le moment, m'excita et me délecta comme un vin. Je m'étirai les bras, charmé par l'inédit de mes sensations ; et, dans ce geste, je m'aperçus tout à coup que ma stature avait diminué.

Il n'existait pas de miroir, à l'époque, dans ma chambre ; celui qui se trouve à côté de moi, tandis que j'écris ceci, y fut installé beaucoup plus tard et en vue même de ces métamorphoses. La nuit, cependant, était fort avancée… le matin, en dépit de sa noirceur, allait donner bientôt naissance au jour… les habitants de ma demeure étaient ensevelis dans le plus profond sommeil, et je résolus, tout gonflé d'espoir et de triomphe, de m'aventurer sous ma nouvelle forme à parcourir la distance qui me séparait de ma chambre à coucher. Je traversai la cour, où du haut du ciel les constellations me regardaient sans doute avec étonnement, moi la première créature de ce genre que leur eût encore montrée leur vigilance éternelle ; je me glissai au long des corridors, étranger dans ma propre demeure [2] ; et, arrivé dans ma chambre, je me vis pour la première fois en présence d'Edward Hyde.

---

1. *Ru de moulin* : cours d'eau qui alimente un moulin.
2. *Étranger dans ma propre demeure* : on sait que c'est en des termes similaires (« l'étranger dans la maison ») que Freud et les psychanalystes désigneront le subconscient. L'expression renvoie moins dans *Le Cas étrange* à une réalité géographique qu'à une dimension psychique.

Je ne puis parler ici que par conjecture [1], disant non plus ce que je sais, mais ce que je crois être le plus probable. Le mauvais côté de ma nature, auquel j'avais à cette heure donné forme, était moins robuste et moins développé que le bon récemment rejeté. De plus, dans le cours de ma vie, qui avait été, somme toute, pour les neuf dixièmes une vie de labeur et de contrainte, il avait été soumis à beaucoup moins d'efforts et de fatigues. Telle est, je pense, la raison pourquoi Edward Hyde était tellement plus petit, plus mince et plus jeune que Henry Jekyll. Tout comme le bien se reflétait sur la physionomie de l'un, le mal s'inscrivait en toutes lettres sur les traits de l'autre. Le mal, en outre (où je persiste à voir le côté mortel de l'homme), avait mis sur ce corps une empreinte de difformité et de déchéance. Et pourtant, lorsque cette laide effigie [2] m'apparut dans le miroir, j'éprouvai non pas de la répulsion, mais bien plutôt un élan de sympathie. Celui-là aussi était moi. Il me semblait naturel et humain. À mes yeux, il offrait une incarnation plus intense de l'esprit, il se montrait plus intégral et plus un que l'imparfaite et composite apparence que j'avais jusque-là qualifiée mienne. Et en cela, j'avais indubitablement raison. J'ai observé que, lorsque je revêtais la figure de Hyde, personne ne pouvait s'approcher de moi sans ressentir tout d'abord une véritable horripilation de la chair [3]. Ceci provenait, je suppose, de ce que tous les êtres humains que nous rencontrons sont composés d'un mélange de bien et de mal ; or Edward Hyde, seul parmi les rangs de l'humanité, était fait exclusivement de mal.

1. Cf. note 3, p. 99.
2. *Effigie* : figure, image.
3. *Une véritable horripilation de la chair* : une véritable chair de poule.

Je ne m'attardai qu'une minute devant la glace : j'avais encore à tenter la seconde expérience, qui serait décisive ; il me restait à voir si j'avais perdu mon individualité sans rémission et s'il me faudrait avant le jour fuir d'une maison qui n'était désormais plus la mienne. Regagnant en hâte mon cabinet, je préparai de nouveau et absorbai le breuvage, souffris une fois de plus les tourments de l'agonie, et revins à moi une fois de plus avec la mentalité et les traits de Henry Jekyll.

J'étais arrivé, cette nuit-là, au fatal carrefour. Eussai-je envisagé ma découverte dans un esprit plus relevé, eussai-je risqué l'expérience sous l'empire de sentiments nobles et généreux, tout se serait passé autrement, et, de ces agonies de mort et de renaissance, je serais sorti ange et non point démon.

La drogue n'avait pas d'action sélective ; elle n'était ni diabolique ni divine ; elle ne faisait que forcer les

portes de la prison constituée par ma disposition psychologique, et, à l'instar des captifs de Philippes [1], ceux-là qui étaient dedans s'évadaient. À cette époque, ma vertu somnolait ; mon vice, tenu en éveil par l'ambition, fut alerté et prompt à saisir l'occasion ; et l'être qui s'extériorisa fut Edward Hyde. En conséquence, tout en ayant désormais deux personnalités aussi bien que deux figures, l'une était entièrement mauvaise, tandis que l'autre demeurait le vieil Henry Jekyll, ce composé hétérogène que je désespérais depuis longtemps d'amender [2] ou de perfectionner. L'avance acquise conduisait donc droit au pire.

---

1. *Captifs de Philippes* : allusion historique à deux personnages de l'Antiquité, Paul et Silas, qui, prisonniers tous deux à Philippes (Grèce), réussirent à sortir de prison grâce à un tremblement de terre providentiel.
2. *Amender* : améliorer, corriger.

Même à cette époque, je n'avais pas encore entièrement surmonté l'aversion que m'inspirait l'aridité d'une vie d'étude. J'étais encore parfois disposé à m'amuser ; et comme mes plaisirs étaient (pour ne pas dire plus) peu relevés, et que, non seulement j'étais bien connu et fort considéré, mais que je commençais à prendre de l'âge, cette incompatibilité de ma vie me pesait chaque jour un peu plus. Ce fut donc par là que ma nouvelle faculté me séduisit et que je tombai enfin dans l'esclavage. Ne me suffisait-il pas de boire la mixture, pour dépouiller aussitôt le corps du professeur en renom, et pour revêtir, tel un épais manteau, celui d'Edward Hyde ? Cette idée me fit sourire, je la trouvais alors amusante ; et je pris mes dispositions avec le soin le plus méticuleux. Je louai et meublai cette maison de Soho, où Hyde a été pisté par la police, et engageai comme gouvernante une créature que je savais muette et sans scrupule. D'autre part, j'annonçai à mes domestiques qu'un certain M. Hyde (que je leur décrivis) devait avoir toute liberté et tout pouvoir dans mon domicile donnant sur la place ; et pour les familiariser avec elle, en vue de parer aux mésaventures, je me rendis visite sous ma seconde incarnation. Je rédigeai ensuite ce testament qui vous scandalisa si fort ; de façon que s'il m'arrivait quelque chose en la personne du Dr Jekyll, je pouvais passer à celle de Hyde sans perte financière. Ainsi prémuni, à ce que j'imaginai, de tous côtés, je commençai de mettre à profit les singuliers privilèges de ma situation.

Des hommes, jadis, prenaient à gages des spadassins [1] pour exécuter leurs crimes, tandis que leur propre personne et leur réputation demeuraient à l'abri. Je fus le tout premier qui en agit de la sorte pour ses plaisirs. Je fus le premier à pouvoir ainsi affronter les

1. *Spadassins* : assassins à gage.

regards du public sous un revêtement d'indiscutable honorabilité, pour, la minute d'après, tel un écolier, rejeter ces oripeaux [1] d'emprunt et me plonger à corps perdu dans l'océan de la liberté. Mais pour moi, sous mon impénétrable déguisement, la sécurité était complète. Songez-y : je n'existais même pas ! Qu'on me laissât seulement franchir la porte de mon laboratoire, qu'on me donnât quelques secondes pour préparer et avaler le breuvage que je tenais toujours prêt ; et quoiqu'il eût fait, Edward Hyde s'évanouissait comme la buée de l'haleine sur un miroir ; et là à sa place, tranquille et bien chez lui, studieusement penché sous la lampe nocturne, en homme que les soupçons ne peuvent effleurer, l'on ne trouvait plus que Henry Jekyll.

Les plaisirs que je m'empressai de rechercher sous mon déguisement étaient, comme je l'ai dit, peu relevés, pour n'user point d'un terme plus sévère. Mais entre les mains d'Edward Hyde, ils ne tardèrent pas à tourner au monstrueux. En revenant de ces expéditions, j'étais souvent plongé dans une sorte de stupeur, à me voir si dépravé par procuration [2]. Ce démon familier que j'évoquais hors de ma propre âme et que j'envoyais seul pour en faire à son bon plaisir était un être d'une malignité et d'une vilenie foncières ; toutes ses actions comme toutes ses pensées se concentraient sur lui-même ; impitoyable comme un homme de pierre, il savourait avec une bestiale avidité le plaisir d'infliger à autrui le maximum de souffrances. Henry Jekyll restait parfois atterré devant les actes d'Edward Hyde ; mais la situation, en échappant aux lois ordinaires, relâchait insidieusement l'emprise de sa conscience. C'était Hyde, après tout, le coupable, et lui seul. Jekyll n'en

1. *Oripeaux* : habits voyants.
2. *Par procuration* : par l'intermédiaire d'une autre personne.

était pas pire ; il trouvait à son réveil ses bonnes qualités en apparence intactes ; il s'empressait même, dans la mesure du possible, de défaire le mal que Hyde avait fait. Et ainsi s'endormait sa conscience.

Mon dessein n'est pas d'entrer dans le détail des ignominies dont je devins alors le complice (car même à cette heure je ne puis guère admettre que je les commis). Je ne veux qu'indiquer ici les avertissements et les étapes successives qui marquèrent l'approche de mon châtiment. Ce fut d'abord une petite aventure sans conséquences et que je me bornerai à mentionner. Un acte de cruauté envers une fillette attira sur moi la colère d'un passant, que je reconnus l'autre jour en la personne de votre cousin ; le docteur et les parents de l'enfant se joignirent à lui ; il y eut des minutes où je craignis pour ma vie ; et à la fin, en vue d'apaiser leur trop juste ressentiment, Edward Hyde fut contraint de les emmener jusqu'à la porte de Henry Jekyll et de leur remettre en paiement un chèque tiré au nom de ce dernier. Mais ce danger fut aisément écarté pour l'avenir, en ouvrant un compte dans une autre banque, au nom d'Edward Hyde lui-même ; et lorsque, en redressant ma propre écriture, j'eus pourvu mon double d'une signature, je crus m'être placé au-delà des atteintes du sort.

Environ deux mois avant l'assassinat de sir Danvers, étant sorti pour courir à mes aventures, je rentrai à une heure tardive, et m'éveillai le lendemain dans mon lit avec des sensations quelque peu insolites. Ce fut en vain que je regardai autour de moi ; en vain que je vis le mobilier sobre, et les vastes proportions de ma chambre sur la place ; en vain que je reconnus et le profil de mon bois de lit en acajou et le dessin des rideaux ; quelque chose ne cessait de m'affirmer que je n'étais pas là où je me croyais, mais bien dans la petite chambre de Soho où j'avais accoutumé de dormir dans la peau d'Edward Hyde. Je me raillai moi-même, et en bon psychologue, me mis indolemment à rechercher les causes de cette illusion, tout en me laissant aller par instants à l'agréable somnolence matinale. J'étais occupé de la sorte, quand, dans un intervalle de lucidité plus complète, mon regard tomba sur ma main. Or (comme vous l'avez souvent remarqué), la main de Henry Jekyll, toute professionnelle de forme et de taille, était grande, ferme, blanche et lisse. La main que je vis alors, sans méprise possible, dans la lumière jaune et tardive d'un matin londonien, cette main reposant à demi fermée sur les draps du lit, était au contraire maigre, noueuse, à veines saillantes, d'une pâleur terreuse et revêtue d'une épaisse pilosité. C'était la main d'Edward Hyde.

Abasourdi, stupide d'étonnement, je la considérai pendant une bonne demi-minute, avant que la terreur ne s'éveillât dans mon sein, aussi brusque et saisissante qu'un fracas de cymbales. M'élançant hors du lit, je courus au miroir. Au spectacle qui frappa mes regards, mon sang se changea en un fluide infiniment glacial et raréfié. Oui, je m'étais mis au lit Henry Jekyll, et je me réveillais Edward Hyde. Comment expliquer cela, me demandais-je ; et puis, avec un autre tressaut d'effroi : – comment y remédier ? La matinée était fort avancée, les domestiques levés ; toutes mes drogues se trouvaient dans le cabinet, et à la perspective du long trajet : deux étages à descendre, le corridor de derrière à parcourir, la cour à traverser à découvert, puis l'amphithéâtre d'anatomie, je reculais épouvanté. Il y avait bien le moyen de me cacher le visage ; mais à quoi bon, si j'étais incapable de dissimuler l'altération [1] de ma stature ? Et alors avec un soulagement d'une douceur infinie, je me rappelai que les domestiques étaient déjà accoutumés aux allées et venues de mon second moi.

1. Cf. note 1, p. 36.

J'eus tôt fait de me vêtir, tant bien que mal, avec des habits de ma taille à moi ; de traverser la maison, où Bradshaw ouvrit de grands yeux et se recula en voyant passer M. Hyde à pareille heure et en un si bizarre accoutrement. Dix minutes plus tard, le Dr Jekyll avait retrouvé sa forme propre et se mettait à table, la mine soucieuse, pour faire un simulacre de déjeuner [1].

L'appétit me manquait totalement. Cette inexplicable aventure, cette subversion de mon expérience antérieure, semblaient, tel le doigt mystérieux sur le mur de Babylone [2], tracer l'arrêt de ma condamnation. Je me mis à réfléchir plus sérieusement que je ne l'avais encore fait aux conséquences possibles de ma double vie. Cette partie de moi-même que j'avais le pouvoir de projeter au-dehors, avait en ces temps derniers pris beaucoup d'exercice et de nourriture ; il me semblait depuis peu que le corps d'Edward Hyde augmentait de taille et que j'éprouvais, sous cette forme, un afflux de sang plus généreux. Le péril m'apparut : si cette situation se prolongeait, je risquais fort de voir l'équilibre de ma nature détruit de façon durable ; et, le pouvoir de transformation volontaire aboli, la personnalité d'Edward Hyde remplacerait la mienne, irrévocablement. L'action de la drogue ne se montrait pas toujours également efficace. Une fois, dans les débuts de ma carrière, elle avait totalement trompé mon attente ; depuis lors je m'étais vu

1. *Pour faire un simulacre de déjeuner* : pour faire un semblant de déjeuner.

2. *Tel le doigt mystérieux sur le mur de Babylone* : allusion au festin de Balthazar (ou Belshassar) dans la Bible (*Ancien Testament*, Livre de Daniel, 5), au cours duquel une main surnaturelle écrivit une mystérieuse inscription (« Mané, Thécel, Pharès ») sur le mur du palais royal de Babylone. Doté par Dieu d'une clairvoyance prophétique, Daniel vit dans cette inscription la chute prochaine du roi Balthazar.

contraint en plus d'une occasion de doubler, et une fois même, avec un risque de mort infini, de tripler la dose ; et ces rares incertitudes avaient seules jusqu'alors jeté une ombre sur mon bonheur. Mais ce jour-là, et à la lumière de l'accident du matin, je fus amené à découvrir que, tandis qu'au début la difficulté consistait à dépouiller le corps de Jekyll, elle s'était depuis peu, par degrés mais de façon indiscutable, reportée de l'autre côté. Tout donc semblait tendre à cette conclusion : savoir, que je perdais peu à peu la maîtrise de mon moi originel et supérieur, pour m'identifier de plus en plus avec mon moi second et inférieur.

Entre les deux, je le compris alors, il me fallait opter. Mes deux natures possédaient en commun la mémoire, mais toutes leurs autres facultés étaient fort inégalement réparties entre elles. Jekyll (cet être composite) éprouvait tantôt les craintes les plus légitimes, tantôt une ala-

crité [1] avide de s'extérioriser dans les plaisirs et les aventures de Hyde et d'en prendre sa part : Hyde au contraire n'avait pour Jekyll que de l'indifférence, ou bien il se souvenait de lui uniquement comme le bandit des montagnes se rappelle la caverne où il se met à l'abri des poursuites. L'affection de Jekyll était plus que paternelle ; l'indifférence de Hyde plus que filiale. Remettre mon sort à Jekyll, c'était mourir à ces convoitises que j'avais toujours caressées en secret et que j'avais depuis peu laissées se développer. Le confier à Hyde, c'était mourir à mille intérêts et aspirations, et devenir d'un seul coup et à jamais, un homme méprisé et sans amis. Le marché pouvait sembler inégal ; mais une autre considération pesait dans la balance : tandis que Jekyll ressentirait cruellement les feux de l'abstinence [2], Hyde ne s'apercevrait même pas de tout ce

1. *Alacrité* : littéralement, enjouement, entrain ; ici, envie.
2. *Abstinence* : privation volontaire de quelque chose.

qu'il aurait perdu. En dépit de l'étrangeté de ma situation, les termes de ce dilemme [1] sont aussi vieux et aussi banals que l'humanité : ce sont des tentations et des craintes du même genre qui décident du sort de tout pécheur aux prises avec la tentation ; et il advint de moi, comme il advient de la plus grande majorité de mes frères humains, que je choisis le meilleur rôle mais que je manquai finalement d'énergie pour y persévérer.

Oui, je préférai être le docteur vieillissant et insatisfait, entouré d'amis et nourrissant d'honnêtes espérances ; et je dis un adieu définitif à la liberté, à la relative jeunesse, à la démarche légère, au sang ardent et aux plaisirs défendus, que j'avais goûtés sous le déguisement de Hyde. Ce choix n'allait peut-être pas sans une réserve tacite [2], car pas plus que je ne renonçai à la maison de Soho, je ne détruisis les vêtements d'Edward Hyde, qui restaient toujours prêts dans mon cabinet. Durant deux mois cependant, je restai fidèle à ma résolution ; durant deux mois l'austérité de ma vie dépassa tout ce que j'avais réalisé jusque-là, et je goûtai les joies d'une conscience satisfaite. Mais le temps vint peu à peu amortir la vivacité de mes craintes ; les éloges reçus de ma conscience m'apparurent bientôt comme allant de soi ; je commençai à être tourmenté d'affres [3] et d'ardeurs, comme si Hyde s'efforçait de reconquérir la liberté ; si bien qu'à la fin, en une heure de défaillance morale, je préparai et absorbai de nouveau le breuvage transformateur.

Je ne pense pas, lorsqu'un ivrogne s'entretient de son vice avec lui-même, qu'il soit affecté une fois sur cinq cents par les dangers auxquels l'expose sa bestiale

1. *Dilemme* : choix difficile entre deux postulations également légitimes mais inconciliables.

2. *Tacite* : sous-entendue, secrète, inexprimée.

3. *Affres* : tourments, tortures.

insensibilité physique. Moi non plus, de tout le temps que j'avais réfléchi à ma situation, je n'avais guère tenu compte de l'entière insensibilité morale et de l'insensée propension [1] au mal qui étaient les caractères dominants d'Edward Hyde. Ce fut pourtant de là que me vint le châtiment. Mon démon intime avait été longtemps prisonnier, il s'échappa rugissant. Je ressentis, à peine le breuvage absorbé, une propension au mal plus débridée, plus furieuse.

C'est à ce fait que j'attribue l'éveil en mon âme de la tempête d'impatience avec laquelle j'écoutai les politesses de mon infortunée victime ; je déclare, du moins devant Dieu, qu'aucun homme moralement sain n'eût pu se rendre coupable de ce crime sous un prétexte aussi pitoyable ; et je frappai avec aussi peu de raison que n'en a un enfant en colère de briser son jouet. Mais je m'étais débarrassé volontairement de tous ces instincts de retenue grâce auxquels même les pires d'entre nous persistent à marcher avec une certaine fermeté parmi les tentations ; et dans mon cas, être tenté, même légèrement, c'était succomber.

À l'instant même, l'esprit de l'enfer s'éveilla en moi et fit rage. Chaque coup assené m'était un délice, et je malmenai le corps inerte avec des transports d'allégresse.

Ce délirant paroxysme n'avait pas cessé, et la fatigue commençait déjà de m'envahir, lorsque soudain un frisson d'épouvante me transfixa le cœur. Un brouillard se dissipa, me montrant ma vie perdue, et à la fois exultant et tremblant, avec mon goût du mal réjoui et stimulé, et mon amour de la vie porté au suprême degré, je m'enfuis loin du théâtre de mes excès.

Je courus à la maison de Soho, et, pour plus de sûreté, détruisis mes papiers ; après quoi je ressortis parmi les

1. *Propension* : disposition, tendance naturelle, penchant.

rues éclairées, dans la même exaltation complexe, me délectant au souvenir de mon crime, et dans mon délire en projetant d'autres pour l'avenir, sans cesser toutefois d'être talonné d'inquiétude et de guetter derrière moi l'approche d'un vengeur. En préparant le breuvage, Hyde avait une chanson aux lèvres, et il but à la santé du défunt. Les tortures de la métamorphose avaient à peine cessé de le déchirer que Henry Jekyll, avec des larmes de reconnaissance et de repentir, tombait à genoux et tendait vers le ciel des mains suppliantes. Le voile de l'égoïsme se fendit du haut en bas, et ma vie m'apparut dans son ensemble : à plusieurs reprises je la récapitulai depuis les jours de mon enfance, alors que je marchais la main dans la main de mon père, et repassant les efforts d'abnégation [1] de mon existence professionnelle, j'arrivais chaque fois, sans pouvoir me résoudre à y croire, aux maudites abominations de la soirée. J'en hurlais presque ; je m'évertuais avec des larmes et des prières à écarter la foule d'images hideuses dont me harcelait ma mémoire ; mais toujours, entre mes supplications, l'horrible face de mon iniquité me regardait jusqu'au fond de l'âme. Enfin l'acuité [2] de ce remords s'atténua peu à peu, et fit place à une sensation de joie. Le problème de ma conduite était résolu.

Désormais il ne pouvait plus être question de Hyde : et bon gré mal gré je m'en voyais réduit à la meilleure part de mon être. Oh ! combien je me réjouis à cette idée ! avec quelle humilité volontaire j'embrassai à nouveau les contraintes de la vie normale ! avec quel sincère renoncement je fermai la porte par laquelle j'étais si souvent sorti et rentré, et en écrasai la clef sous mon talon !

---

1. *Abnégation* : sacrifice volontaire de soi-même, dévouement.
2. Cf. note 4, p. 101.

Le lendemain, j'appris la nouvelle que le meurtrier avait été reconnu ; que le monde entier savait Hyde coupable, et que sa victime était un homme haut placé dans la considération publique. Je crois bien que je fus heureux de l'apprendre, heureux de voir mes bonnes résolutions ainsi fortifiées et gardées par la crainte de l'échafaud. Jekyll était maintenant mon unique refuge : que Hyde se fît voir un seul instant, et tous les bras se lèveraient pour s'emparer de lui et le mettre en pièces.

Je résolus de racheter le passé par ma conduite future ; et je puis dire en toute sincérité que ma résolution produisit de bons fruits. Vous savez vous-même avec quelle ardeur je travaillai, durant les derniers mois de l'année passée, à soulager les misères ; vous savez que je fis beaucoup pour mon prochain ; et que mes jours s'écoulèrent tranquilles et même heureux.

Car je ne puis vraiment dire que cette vie de bienfaits et d'innocence me pesât. Je la goûtais au contraire chaque jour davantage ; mais je restais sous la malédiction de ma dualité ; et lorsque le premier feu de mon repentir s'atténua, le côté inférieur de mon moi, si longtemps choyé, si récemment enchaîné, se mit à réclamer sa liberté. Ce n'était pas que je songeasse à ressusciter Hyde ; cette seule idée m'affolait ; non, c'était dans ma propre personne que j'étais une fois de plus tenté de biaiser avec ma conscience ; et ce fut en secret, comme un vulgaire pécheur, que je finis par succomber aux assauts de la tentation.

Il y a un terme à toutes choses : la mesure la plus spacieuse déborde à la fin ; et cette brève concession à mes instincts pervers détruisit finalement l'équilibre de mon âme. Pourtant, je n'en fus pas alarmé : la chute me semblait naturelle, comme un retour aux temps anciens qui précédèrent ma découverte. C'était par une belle journée limpide de janvier, le sol restait humide aux endroits où le verglas avait fondu, mais on ne voyait pas un nuage au ciel ; Regent's Park [1] s'emplissait de gazouillements et il flottait dans l'air une odeur de printemps. Je m'installai au soleil sur un banc ; l'animal en moi léchait des bribes de souvenirs ; le côté spirituel somnolait à demi, se promettant une réforme ultérieure, mais sans désir de l'entreprendre. Après tout, me disais-je, je suis comme mes voisins ; et je souriais, en me comparant aux autres, en comparant ma bonne volonté agissante avec leur lâche et vile inertie. Et à l'instant même de cette pensée vaniteuse, il me prit un malaise, une horrible nausée accompagnée du plus mortel frisson. Ces symptômes disparurent, me laissant affaibli ; et puis, à son tour, cette faiblesse s'atténua. Je commençai à percevoir un changement dans le ton de mes pensées, une plus grande hardiesse, un mépris du danger, une délivrance des obligations du devoir. J'abaissai les yeux ; mes vêtements pendaient informes sur mes membres rabougris, la main qui reposait sur mon genou était noueuse et velue. J'étais une fois de plus Edward Hyde. Une minute plus tôt, l'objet de la considération générale, je me voyais riche, aimé, la table mise m'attendait dans ma salle à manger ; et maintenant je n'étais plus qu'un vil gibier humain, pourchassé, sans gîte, un assassin notoire, voué au gibet.

Ma raison vacilla, mais sans m'abandonner entièrement. J'ai plus d'une fois observé que, sous ma seconde incarnation, mes facultés semblaient aiguisées à un degré supérieur, et mes énergies plus tendues et plus souples. Il en résulta que là où Jekyll aurait peut-être succombé, Hyde s'éleva à la hauteur des circonstances.

---

1. *Regent's Park* : un des rares indices de la géographie londonienne du *Cas étrange* (avec Soho, Cavendish Square, Gaunt Street et Portland Street). Ce détail laisse à penser que le docteur Jekyll habite non loin de ce parc, près du domicile du docteur Lanyon (Cavendish Square).

Mes drogues se trouvaient sur l'une des étagères de mon cabinet : comment faire pour me les procurer ? Tel était le problème que, me pressant le front à deux mains, je m'efforçai de résoudre. La porte du laboratoire, je l'avais fermée. Si je cherchais à y entrer par la maison, mes propres serviteurs m'enverraient à la potence. Je vis qu'il me fallait user d'un intermédiaire, et songeai à Lanyon. Comment le prévenir ? comment le persuader ? En admettant que je ne me fisse pas prendre dans la rue, comment arriver jusqu'à lui ? et comment réussir, moi visiteur inconnu et déplaisant, à persuader l'illustre médecin de cambrioler le sanctuaire de son collègue, le Dr Jekyll ? Je me souvins alors que, de ma personnalité originale, quelque chose me restait : je possédais encore mon écriture. Dès que j'eus conçu cette étincelle initiale, la voie que je devais suivre s'illumina de bout en bout.

126 En conséquence, j'ajustai mes habits du mieux que je pus, et arrêtant un cab qui passait, me fis conduire à un hôtel de Portland Street [1], dont par hasard je me rappelais le nom. À mon aspect (qui était en effet grotesque, malgré la tragique destinée que recouvraient ces dehors), le cocher ne put contenir son hilarité. Dans une bouffée de rage démoniaque, je me rapprochai en grinçant des dents, et le sourire se figea sur ses traits… heureusement pour lui… et non moins heureusement pour moi-même, car un instant de plus et je le tirais à bas de son siège. À l'hôtel, dès mon entrée je jetai autour de moi des regards si farouches que le personnel en frémit ; et sans oser même échanger un clin d'œil en ma présence, on prit mes ordres avec obséquiosité, et me conduisant à un salon particulier, on

---

1. *Portland Street* : selon les anglicistes, il s'agirait de Great Portland Street, une rue qui prolonge Regent Street vers le nord et située non loin de Regent's Park.

m'y apporta aussitôt de quoi écrire. Hyde en péril de mort était un être nouveau pour moi : agité d'une colère désordonnée, il n'eût reculé devant aucun crime, et n'aspirait qu'à infliger de la douleur. Mais la créature était non moins astucieuse : d'un grand effort de volonté, elle maîtrisa sa rage, composa ses deux importantes missives, l'une pour Lanyon et l'autre pour Poole ; et afin d'obtenir la preuve matérielle de leur expédition, donna l'ordre de les faire recommander.

Après quoi, Hyde resta toute la journée assis devant le feu, à se ronger les ongles, dans le salon particulier ; il y dîna seul avec ses craintes, servi par le garçon qui tremblait visiblement sous son regard ; et lorsque la nuit fut tout à fait tombée, il partit de là, tassé dans le fond d'un cab fermé, et se fit conduire ici et là par les rues de la ville. Il, dis-je, et non pas : je. Ce fils de l'enfer n'avait plus rien d'humain ; rien ne vivait en lui que la peur et la haine. À la fin, s'imaginant que le cocher concevait peut-être des soupçons, il renvoya le cab et s'aventura à pied, affublé de ses habits incongrus [1] qui le désignaient à la curiosité, au milieu de la foule nocturne, tandis que ces deux viles passions faisaient en lui comme une tempête. Il marchait vite, fouaillé [2] par ses craintes, parlant tout seul, cherchant les voies les moins fréquentées, comptant les minutes qui le séparaient encore de minuit. À un moment donné, une femme l'aborda, lui offrant, je crois, des boîtes d'allumettes. Il la frappa au visage, et elle prit la fuite.

Lorsque je revins à moi chez Lanyon, l'horreur que j'inspirais à mon vieil ami m'affecta un peu : je ne sais ; en tout cas ce ne fut qu'une goutte d'eau dans la mer, à côté de la répulsion avec laquelle je me remémorais ces heures. Un changement s'était produit en moi.

1. *Affublé de ses habits incongrus* : vêtu de ses habits inconvenants.
2. *Fouaillé* : littéralement, fouetté ; ici, tourmenté, torturé.

C'était non plus la crainte du gibet [1], mais bien l'horreur d'être Hyde qui me déchirait. Je reçus comme dans un songe les malédictions de Lanyon ; comme dans un songe, je regagnai ma demeure et me mis au lit. Je dormis, après cette accablante journée, d'un sommeil dense et poignant que ne réussissaient point à interrompre les cauchemars qui me tordaient. Je m'éveillai le matin, brisé, affaibli, mais apaisé. Je ne cessais pas de haïr et de craindre la pensée de la bête assoupie en moi ; mais j'étais une fois de plus chez moi, dans ma propre demeure et à portée de mes drogues ; et ma reconnaissance à l'égard de mon salut brillait dans mon âme d'un éclat rivalisant presque avec celui de l'espérance.

Je me promenais à petits pas dans la cour après le déjeuner, humant avec délices la froidure de l'air, quand je fus envahi à nouveau par ces indescriptibles symptômes annonciateurs de la métamorphose ; et je n'eus que le temps de regagner l'abri de mon cabinet, avant d'être à nouveau en proie aux rages et aux passions délirantes de Hyde. Il me fallut en cette occasion doubler la dose pour me rappeler à moi-même. Hélas ! six heures plus tard, comme j'étais assis à regarder tristement le feu, les douleurs me reprirent, et je dus une fois encore avoir recours à la drogue. Bref, à partir de ce jour, ce ne fut plus que par une sorte de gymnastique épuisante, et sous l'influence immédiate de la drogue, que je me trouvai capable de revêtir la forme de Jekyll. À toute heure du jour et de la nuit, j'étais envahi du frisson prémonitoire ; il me suffisait principalement de m'endormir, ou même de somnoler quelques minutes dans mon fauteuil pour m'éveiller immanquablement sous la forme de Hyde.

La menace continuelle de cette calamité imminente et les privations de sommeil que je m'imposai alors, et

1. *La crainte du gibet* : la peur de la pendaison.

où j'atteignis les extrêmes limites de la résistance humaine, eurent bientôt fait de moi, en ma personne réelle, un être rongé et épuisé par la fièvre, déplorablement affaibli de corps aussi bien que d'esprit, et possédé par une unique pensée : l'horreur de mon autre moi. Mais lorsque je m'endormais, ou lorsque la vertu du remède [1] s'épuisait, je tombais quasi sans transition (car les tourments de la métamorphose devenaient chaque jour moins marqués) à la merci d'une imagination débordant d'images terrifiantes, d'une âme bouillonnant de haines irraisonnées, et d'un corps qui me semblait trop faible pour résister à une telle dépense de frénétiques énergies. Les facultés de Hyde semblaient s'accroître de tout ce que perdait Jekyll. Du moins la haine qui les divisait était alors égale de part et d'autre. Chez Jekyll, c'était une question de défense vitale. Il connaissait désormais la pleine difformité de cette créature qui partageait avec lui quelques-uns des phénomènes de la conscience, et qui serait sa cohéritière à une même mort ; et, en sus de ces liens de communauté, où résidait la part la plus poignante de sa détresse, il voyait en Hyde, malgré toute sa puissante vitalité, un être non seulement infernal mais inorganique.

C'était là le plus révoltant : que le limon de l'abîme en vînt à s'exprimer par le cri et par le verbe ; que l'amorphe poussière gesticulât et péchât ; que ce qui était inerte et n'avait pas de forme pût usurper les fonctions de la vie. Et ceci encore : que cette larve monstrueuse fût associée à lui plus intimement qu'une épouse, plus intimement que la prunelle de ses yeux, qu'elle fût emprisonnée dans sa chair, où il l'entendait murmurer, où il la sentait s'efforcer vers la liberté ; qu'à chaque heure de faiblesse, et dans l'abandon du sommeil, elle prévalût contre lui et le dépossédât de son

1. *La vertu du remède* : l'efficacité du remède.

être. La haine de Hyde envers Jekyll était d'un ordre différent. Sa terreur du gibet le poussait naturellement à commettre un suicide provisoire et à reprendre sa situation subordonnée de partie au lieu d'individu ; mais il abhorrait cette nécessité, il abhorrait la mélancolie où s'enfonçait de plus en plus Jekyll, et il lui en voulait du dégoût avec lequel ce dernier le considérait. De là provenaient les mauvais tours qu'il me jouait sans cesse, griffonnant de ma propre écriture des blasphèmes en marge de mes livres, brûlant les lettres et déchirant le portrait de mon père ; et certes, n'eût été sa crainte de la mort, il se fût depuis longtemps détruit afin de m'entraîner dans sa perte. Mais il a pour la vie un amour prodigieux ; je vais plus loin : moi que sa seule idée glace et rend malade, lorsque je songe à la bassesse et à la fureur de cet attachement, et lorsque je considère à quel point il redoute mon pouvoir de l'en priver par le suicide, je trouve en moi de quoi le plaindre.

Il serait vain de prolonger cette analyse, et le temps ne m'est, hélas ! que trop mesuré ; il suffit de savoir que personne n'a jamais souffert semblables tourments ; et malgré tout, à ceux-ci l'habitude apporta, non pas une atténuation, mais un certain endurcissement de l'âme, une sorte d'acceptation désespérée ; et mon châtiment aurait pu se prolonger des années, sans la dernière calamité qui me frappe aujourd'hui, et qui va me séparer définitivement de ma propre apparence et de mon individualité. Ma provision du fameux sel, non renouvelée depuis le jour de ma première expérience, touchait à sa fin. J'en fis venir une nouvelle commande, et préparai le breuvage. L'ébullition se produisit, comme le premier changement de couleur, mais non point le second : je l'absorbai sans aucun résultat. Vous apprendrez de Poole comment je lui ai fait courir tout Londres en vain ; je reste aujourd'hui persuadé que mon premier achat était impur, et que cette impureté ignorée donnait son efficacité au breuvage.

Près d'une semaine a passé depuis lors, et voici que j'achève cette relation sous l'influence de la dernière dose de l'ancien produit. Voici donc, à moins d'un miracle, la dernière fois que Henry Jekyll peut penser ses propres pensées ou voir dans le miroir son propre visage (combien lamentablement altéré [1] !). Du reste, il ne faut pas que je tarde trop longtemps à cesser d'écrire. Si mon présent récit a jusqu'à cette heure évité d'être anéanti, c'est grâce à beaucoup de précautions alliées à non moins d'heureuse chance. Si les affres de la métamorphose venaient à s'emparer de moi tandis que j'écris, Hyde mettrait ce cahier en morceaux ; mais s'il s'est écoulé un peu de temps depuis que je l'ai rangé, son égoïsme prodigieux et son immersion dans la minute présente le sauveront probablement une fois encore des effets de sa rancune simiesque [2]. Et d'ailleurs la fatalité qui va se refermant sur nous deux l'a déjà changé et abattu. Dans une demi-heure d'ici, lorsqu'une fois de plus et à jamais je revêtirai cette personnalité haïe, je sais par avance que je resterai dans mon fauteuil à trembler et à pleurer, ou que je continuerai, dans un démesuré transport de terreur attentive, à arpenter de long en large cette pièce… mon dernier refuge sur la terre… en prêtant l'oreille à tous les bruits menaçants. Hyde mourra-t-il sur l'échafaud ? Ou bien trouvera-t-il au dernier moment le courage de se libérer lui-même ? Dieu le sait ; et peu m'importe : c'est ici l'heure véritable de ma mort, et ce qui va suivre en concerne un autre que moi. Ici donc, en déposant la plume et en m'apprêtant à sceller ma confession, je mets un terme à la vie de cet infortuné Henry Jekyll.

---

1. Cf. note 1, p. 36.
2. Cf note 3, p. 60.

Dossier-
lecture

Genèse du roman

Le point de vue de R. L. Stevenson : l'écrivain et ses *brownies*

Dans un essai intitulé « Un chapitre sur les rêves [1] », R. L. Stevenson se livre à une réflexion intéressante sur l'activité de l'écrivain, qui vit toujours selon lui à l'écoute de ses rêves. Il évoque ce faisant la genèse du *Cas étrange du Dr Jekyll et de M. Hyde*, à laquelle ses « brownies » ont activement participé [2].

Je ne puis donner qu'un exemple ou deux de la part du travail effectué en dormant et de celui effectué à l'état de veille, en laissant le lecteur profiter à sa guise des lauriers, s'il en est, entre moi et mes collaborateurs ; pour ce faire je prendrai d'abord un livre qu'un certains nombre de lecteurs ont eu la politesse de lire, *L'Étrange Cas du Dr Jekyll et de M. Hyde.* J'essayais depuis longtemps d'écrire une histoire sur ce sujet, de trouver un corps, un véhicule, pour ce sentiment puissant de la dualité humaine qui par moments assaille et submerge l'esprit de toute créature pensante. J'en avais même écrit une, *Le Compagnon de voyage*, qui m'avait été refusée par un rédacteur en chef, sous prétexte qu'il s'agissait d'une œuvre géniale, mais indécente, et que j'ai brûlée l'autre jour parce que ce n'était pas une œuvre de génie et que « Jekyll » l'avait supplantée. C'est sur ces entrefaites que survint une des fluctuations financières auxquelles (avec une élégante modestie) j'ai déjà fait allusion à la troisième personne. Pendant deux jours, je me torturai la cervelle à la recherche d'une

1. Voir note 1, p. 17 de la présentation.
2. On rappellera que pour R. L. Stevenson, l'œuvre littéraire est à la fois le produit d'un travail conscient et d'un travail inconscient au cours duquel l'écrivain est assisté par ses « brownies », petites créatures l'aidant dans son entreprise créatrice. Pour l'auteur, les « brownies » ne sont donc rien d'autre que la métaphore de l'inconscient à l'œuvre dans la création littéraire.

intrigue, et la seconde nuit je rêvai la scène à la fenêtre, et une scène qui fut ensuite divisée en deux, dans laquelle Hyde, poursuivi pour un crime, avale la fameuse poudre et subit sa transformation en présence de ses poursuivants. Tout le reste fut composé à l'état de veille et consciemment, mais je crois y retrouver beaucoup de la manière des brownies. La signification de l'histoire est donc bien mienne, elle a longtemps préexisté dans mon jardin d'Adonis, essayant en vain de se trouver un corps. En somme, je suis responsable de l'essentiel de la morale, hélas ! et mes brownies n'ont pas le moindre rudiment de ce que nous appelons une conscience. Le décor aussi est mien, et miens sont les personnages. Tout ce qui me fut donné se résume à la matière de trois scènes et à l'idée centrale d'un changement volontaire devenant involontaire. M'accusera-t-on de manquer de générosité si, après avoir libéralement couvert de louanges mes collaborateurs invisibles, je les jette, ici, pieds et poings liés, dans l'arène des critiques ? Car l'affaire des poudres n'est nullement la mienne, je le dis avec soulagement, mais appartient en propre aux brownies.

Le point de vue de Fanny : le cauchemar d'où naquit M. Hyde

Fanny Van de Grift-Stevenson évoque dans un document intitulé « Le cauchemar d'où naquit M. Hyde [1] » l'étrange rêve qui fut à l'origine du *Cas étrange*.

Mon mari avait toujours trouvé le sommeil sans difficulté et à volonté. Il disait : « Réveille-moi dans une demi-heure » en posant la tête sur l'oreiller et il tombait instantanément dans un assoupissement régénérateur. Or, pour la première fois dans son existence, son sommeil devenait agité et intermittent. Les papillons noirs se manifestaient activement à toute heure de la nuit, le tourmentant avec de fantomatiques problèmes sur

1. Voir note 1, p. 9 de la présentation.

l'échiquier ou alors sous forme de scènes personnelles depuis longtemps oubliées et remémorées dans ses rêves.

Ce fut précisément lors d'une période d'interruption contrainte dans sa collaboration de dramaturge que lui vint le cauchemar de *L'Étrange Cas du Dr Jekyll et de M. Hyde*. Les cris d'horreur poussés par mon mari dans son sommeil m'obligèrent à l'éveiller, à sa grande indignation. « Je rêvais d'un joli conte de terreur », me dit-il d'un ton de reproche, faisant un rapide récit de Jekyll et Hyde jusqu'à la scène de transformation qu'il était en train de rêver quand je l'avais réveillé.

À l'aube, il était déjà au travail avec une activité fiévreuse. En trois jours, le premier canevas – comptant trente mille mots – était terminé, aussitôt complètement détruit et réécrit immédiatement avec un point de vue différent : celui mettant en avant l'allégorie, le plus en évidence, ce qui manqua dans le premier jet sans doute écrit dans la hâte et sous l'irrésistible influence de son cauchemar.

Il réécrivit donc, en trois jours également, la version définitive du livre prêt à publication, mis à part quelques corrections mineures. La quantité de travail que cela représente est stupéfiante. Qu'un invalide dans la condition de santé où se trouvait mon mari ait été capable d'abattre un tel labeur en six jours – soixante mille mots jetés sur le papier – semble presque inimaginable. Il souffrait d'hémorragies continuelles et parlait avec difficulté, sa conversation se faisait habituellement par le truchement d'une ardoise et d'un crayon. Il ne pouvait recevoir deux personnes à la fois dans son bureau et quand l'une obtenait la permission du docteur, l'entrevue était limitée à quinze minutes. La tâche ingrate de monter la garde devant la porte, à l'extérieur, montre en main et de prévenir le visiteur que le délai était passé, cette tâche ingrate, donc, m'incombait.

Le succès de *Jekyll et Hyde* fut immédiat et phénoménal, aussi bien en Angleterre qu'en Amérique où parurent des éditions pirates. Cette histoire fut citée par des clergymen au cours de prêches, et trois adaptations en furent faites pour le théâtre, la seule bonne étant celle de M. T. R. Sullivan, qui envoya le manuscrit à mon mari pour qu'il y apporte ses corrections et fasse ses suggestions.

Double et dédoublement de la personnalité

Bien avant la psychanalyse, le thème du double et du dédoublement de la personnalité n'a cessé de fasciner les écrivains. « L'homme est double », écrit ainsi Gérard de Nerval dans *Aurélia* (1854), annonçant le *credo* du docteur Jekyll (texte 1). Dans *La Morte amoureuse*, une nouvelle fantastique publiée en 1835, Théophile Gautier met en scène un personnage menant une double vie – prêtre le jour et libertin la nuit – et confondant le monde du rêve et le monde de la réalité (texte 2). Quant à Edgar Poe, il soulève dans *William Wilson* (un conte fantastique publié en 1839), le problème de l'opposition entre l'être de désir et le moi social. Jeune débauché voulant vivre jusqu'au bout la liberté de son désir, William Wilson est confronté au harcèlement d'un double castrateur incarnant la loi morale et la pression des interdits sociaux. Le dialogue final avec l'image dans la glace scelle l'illusion de Wilson qui, jusqu'au bout, ne veut pas comprendre qu'il a tué sa propre conscience mais que celle-ci est en définitive la plus forte (texte 3).

L'homme est double

Je ne sais comment expliquer que, dans mes idées, les événements terrestres pouvaient coïncider avec ceux du monde surnaturel, cela est plus facile à *sentir* qu'à énoncer clairement. Mais quel était donc cet esprit qui était moi et en dehors de moi ? Était-ce le *Double* des légendes, ou ce frère mystique que les Orientaux appellent *Ferouër* ? – N'avais-je pas été frappé de l'histoire de ce chevalier qui combattit toute une nuit dans une forêt contre un inconnu qui était lui-même ? Quoi qu'il en soit, je crois que l'imagination humaine n'a rien inventé qui ne soit vrai, dans ce monde ou dans les autres, et je ne pouvais douter de ce que j'avais *vu* si distinctement. Une idée terrible me vint : « L'homme est double », me dis-je. – « Je sens deux hommes en moi », a écrit un Père de l'Église. – Le concours de deux âmes a déposé ce germe mixte dans un corps qui lui-même offre à la vue deux portions similaires reproduites dans tous les organes de sa structure. Il y a en tout homme un acteur et un spectateur, celui qui parle et celui qui répond. Les Orientaux ont vu là deux ennemis : le bon et le mauvais génie. « Suis-je le bon ? suis-je le mauvais ? me disais-je. En tout cas, *l'autre* m'est hostile... Qui sait s'il n'y a pas telle circonstance ou tel âge où ces deux esprits se séparent ? Attachés au même corps tous deux par une affinité matérielle, peut-être l'un est-il promis à la gloire et au bonheur, l'autre à l'anéantissement ou à la souffrance éternelle ? »

Gérard de Nerval, *Aurélia*, IX (1854).

Entre rêve et réalité

Vous me demandez, frère, si j'ai aimé ; oui. C'est une histoire singulière et terrible, et, quoique j'aie soixante-dix ans, j'ose à peine remuer la cendre de ce souvenir. Je ne veux rien vous refuser, mais je ne ferais pas à une âme moins éprouvée un pareil récit. Ce sont des événements si étranges, que je ne puis croire qu'ils me soient arrivés. J'ai été pendant plus de trois ans le jouet d'une illusion singulière et diabolique. Moi, pauvre prêtre de campagne, j'ai mené en rêve toutes les nuits (Dieu veuille que ce soit un rêve !) une vie de damné, une vie de mondain et de Sardanapale. Un seul regard trop plein de complaisance jeté sur une femme pensa causer la perte de mon âme ; mais enfin, avec l'aide de Dieu et de mon saint patron, je suis parvenu à chasser l'esprit malin qui s'était emparé de moi. Mon existence s'était compliquée d'une existence nocturne entièrement différente. Le jour, j'étais un prêtre du Seigneur, chaste, occupé de la prière et des choses saintes ; la nuit, dès que j'avais fermé les yeux, je devenais un jeune seigneur, fin connaisseur en femmes, en chiens et en chevaux, jouant aux dés, buvant et blasphémant, et lorsqu'au lever de l'aube je me réveillais, il me semblait au contraire que je m'endormais et que je rêvais que j'étais prêtre. De cette vie somnambulique il m'est resté des souvenirs d'objets et de mots dont je ne puis pas me défendre, et, quoique je ne sois jamais sorti des murs de mon presbytère, on dirait plutôt, à m'entendre, un homme ayant usé de tout et revenu du monde, qui est entré en religion et qui veut finir dans le sein de Dieu des jours trop agités, qu'un humble séminariste qui a vieilli dans une cure ignorée, au fond d'un bois et sans aucun rapport avec les choses du siècle.

Oui, j'ai aimé comme personne au monde n'a aimé, d'un amour insensé et furieux, si violent que je suis étonné qu'il n'ait pas fait éclater mon cœur. Ah ! quelles nuits ! quelles nuits ! »

Théophile Gautier, *La Morte amoureuse* (1835).

Le même et l'autre

C'était à Rome, pendant le carnaval de 18.. ; j'étais à un bal masqué dans le palais du duc Di Broglio, de Naples. J'avais fait abus du vin encore plus que de coutume, et l'atmosphère étouffante des salons encombrés m'irritait insupportablement. La difficulté de me frayer un passage à travers la cohue ne contribua pas peu à exaspérer mon humeur ; car je cherchais avec anxiété (je ne dirai pas pour quel indigne motif) la jeune, la joyeuse, la belle épouse du vieux et extravagant Di Broglio. Avec une confiance passablement imprudente, elle m'avait confié le secret du costume qu'elle devait porter ; et, comme je venais de l'apercevoir au loin, j'avais hâte d'arriver jusqu'à elle. En ce moment, je sentis une main qui se posa doucement sur mon épaule, – et puis cet inoubliable, ce profond, ce maudit *chuchotement* dans mon oreille.

Pris d'une rage frénétique, je me tournais brusquement vers celui qui m'avait ainsi troublé et je le saisis violemment au gilet. Il portait, comme je m'y attendais, un costume absolument semblable au mien : un manteau espagnol de velours bleu, et autour de la taille une ceinture cramoisie où se rattachait une rapière. Un masque de soie noire recouvrait entièrement sa face.

– Misérable ! – m'écriais-je d'une voix enrouée par la rage, et chaque syllabe qui m'échappait était comme un aliment pour le feu de ma colère – misérable ! imposteur ! scélérat maudit ! tu ne me suivras plus à la piste, tu ne me harcèleras pas jusqu'à la mort ! Suis-moi ou je t'embroche sur place !

Et je m'ouvris un chemin de la salle de bal vers une petite antichambre attenante, le traînant irrésistiblement avec moi.

En entrant, je le jetai furieusement loin de moi. Il alla chanceler contre le mur ; je fermai la porte en jurant, et lui ordonnai de dégainer. Il hésita une seconde ; puis, avec un léger soupir, il tira silencieusement son épée et se mit en garde.

Le combat ne fut certes pas long. J'étais exaspéré par les plus ardentes excitations de tout genre, et je me sentais dans un seul bras l'énergie et la puissance d'une multitude. En quelques secondes, je l'acculai par la force du poignet contre la boiserie, et, là, le tenant à ma discrétion, je lui plongeai, à plusieurs reprises et coup sur coup, mon épée dans la poitrine avec une férocité de brute.

En ce moment, quelqu'un toucha à la serrure de la porte. Je me hâtai de prévenir une invasion importune, et je retournai immédiatement vers mon adversaire mourant. Mais quelle langue humaine peut rendre suffisamment cet étonnement, cette horreur qui s'emparèrent de moi au spectacle que virent alors mes yeux. Le court instant pendant lequel je m'étais détourné avait suffi pour produire en apparence un changement matériel dans les disposition locales à l'autre bout de la chambre. Une vaste glace – dans mon trouble, cela m'apparut d'abord ainsi – se dressait là où je n'en avais pas vu trace auparavant ; et, comme je marchais frappé de terreur vers ce miroir, ma propre image, mais avec une face pâle et barbouillée de sang, s'avança à ma rencontre d'un pas faible et vacillant.

C'est ainsi que la chose m'apparut, dis-je, mais telle elle n'était pas. C'était mon adversaire, – c'était Wilson qui se tenait devant moi dans son agonie. Son masque et son manteau gisaient sur le parquet, là où il les avait jetés. Pas un fil dans son vêtement, – pas une ligne dans toute sa figure si caractérisée et si singulière, – qui ne fut *mien*, – qui ne fut *mienne* ; – c'était l'absolu dans l'identité !

C'était Wilson, mais Wilson ne chuchotant plus ses paroles maintenant ! si bien que j'aurais pu croire que c'était moi-même qui parlais quand il me dit :

Tu as vaincu, et je succombe. Mais dorénavant tu es mort aussi, – mort au Monde, au Ciel et à l'Espérance ! En moi tu existais, – et vois dans ma mort, vois par cette image qui est la tienne, comme tu t'es radicalement assassiné toi-même !

Edgar Allan Poe, *William Wilson*, (1839).

La postérité de *Dr Jekyll et M. Hyde*

Le texte de Stevenson a donné lieu à de multiples adaptations cinématographiques (on ne compte plus aujourd'hui les films inspirés du *Cas étrange*) et à quelques réécritures intéressantes. Parmi celles-ci, citons le roman de l'écrivain américain Valérie Martin (*Mary Reilly*, 1990), le roman de l'un des plus éminents spécialistes de R. L. Stevenson, Jean-Pierre Naugrette (*Le Crime étrange de Mr Hyde*, 1998), le beau poème de Jacques Prévert (« Rue Stevenson ») ou encore la chanson de Serge Gainsbourg (« Docteur Jekyll et Monsieur Hyde », 1979).

Apparition de Mr Hyde

Mary Reilly [1] est l'histoire de la double vie du Dr Jekyll racontée par une jeune servante de l'époque victorienne. Vouant une admiration sans bornes pour celui qu'elle appelle son « Maître », Mary Reilly relate dans son journal le comportement mystérieux du docteur Jekyll, un savant reclus et solitaire qui s'adonne à d'étranges expériences. Dans l'extrait suivant, Mary évoque l'arrivée d'Edward Hyde, l'assistant du docteur Jekyll, dans la maison de ce dernier…

« Comme vous le savez, déclara notre Maître, et comme vous, Mary, me l'avez souvent fait remarquer (là je fus heureuse de ne pas être dans le cas de voir l'expression sur la figure de Mr Poole, mais toutefois j'étais consciente que son regard me brûlait la nuque), mon travail au laboratoire dévore toujours davantage mon temps et mon énergie. Je crains de ne pas avoir assez de l'un et de l'autre pour le mener à bonne fin. En vérité, je ne peux m'y adonner avec autant d'efficacité que je voudrais, aussi, après mûres réflexions et recherches, ai-je décidé de prendre un assistant. […] Je tenais à vous informer de ce changement, continua

1. Traduction française par Annie Saumont, Plon, Paris, 1991.

le Maître, parce qu'il me paraît d'une grande importance que ce jeune homme, Mr Edward Hyde, jouisse d'une totale liberté dans ma maison comme dans mon laboratoire, et que vous le traitiez avec le respect et les soins diligents que vous mettez à mon service. »

Comme nous restions tous abasourdis et silencieux, Mr Poole intervint : « Vous pouvez compter sur nous, monsieur. »

– Très bien. Je n'en dirai pas plus. Honnêtement, je pense qu'il aura très peu à faire dans la maison et passera le plus clair de son temps au laboratoire, mais je voulais m'assurer qu'à le voir aller et venir librement vous ne ressentiriez aucune inquiétude. S'il lui arrivait d'avoir besoin de votre assistance, je tiens à vous préciser qu'il disposera ici de la même autorité que moi. » [...]

Et le Maître se retira. Nous l'entendîmes monter l'escalier d'un pas alerte. Nous restâmes un moment silencieux, et ce fut Cook qui enfin déclara : « Mais je suppose qu'il ne prendra pas ses repas ici » et Mr Poole qui répliqua vivement : « Non, je ne crois pas. » Nous nous levâmes, remettant les chaises en place, et chacun de nous s'en retourna à ses activités ; chacun de nous, j'en suis sûre, s'efforçait d'imaginer le visage et les façons de ce nouveau maître, ce jeune maître, Mr Edward Hyde. »

Vous comparerez l'arrivée de Mr Hyde dans le roman de Valérie Martin avec la présentation de ce personnage dans le roman de R. L. Stevenson (chapitre I). Quels sont les points communs, les différences entre les deux textes ?

La mort de Jekyll / Hyde

Le texte de Valérie Martin se clôt sur une postface dans laquelle sont expliquées les circonstances de la rédaction du journal de Mary Reilly. Le postfacier prend ses distances à l'égard du point de vue de la servante et propose deux hypothèses expliquant la mort du Dr Jekyll. Saurez-vous les retrouver ?

Il n'est pas facile de décider avec certitude de ce qui est vraiment arrivé à l'employeur de Mary. Henry Jekyll est un être complexe qui ne se laisse pas aisément expliquer. S'il paraît hasardeux d'ajouter foi à la conclusion que Mary tire de l'histoire (son bien-aimé docteur Jekyll et Edward Hyde, l'assistant criminel, seraient une seule et même personne) ce n'est pas pour la raison que Mary nous donne : « Comment un homme pouvait-il exister sous la forme de deux êtres aussi différents – l'un aimable, attentionné, généreux, l'autre soucieux de son seul plaisir et n'ayant pour seul plaisir que faire souffrir. » Un seul coup d'œil dans les journaux nous rappellera qu'une semblable duplicité n'est pas rare, et spécialement parmi ceux qui se posent en arbitres des valeurs morales. [...] Ce qui est inexplicable et incompréhensible dans le cas de Henry Jekyll, c'est la transformation physique qui, si nous nous fions au récit de Mary, était considérable et s'accomplissait par le truchement d'une drogue, comme l'indiquent les démarches incessantes de Mr Poole en quête d'un certain produit chimique, ainsi que les propos de Jekyll au sujet de ses expériences.

J'envisagerais deux solutions possibles à cette énigme (mais peut-être y en a-t-il d'autres). La première serait que Mr Poole et Mr Utterson ont menti quant à ce qu'ils ont trouvé dans le cabinet de travail, qu'ils savaient que Jekyll s'était suicidé, probablement dans un accès de désespoir tenant à sa dépendance à l'égard d'une substance difficile à se procurer. [...] Pour gagner du temps et sauver l'honneur du maître ils ont inventé l'histoire de la mort de Hyde. Cela semble compliqué et ne rend pas compte de la réapparition d'Edward Hyde la nuit de la mort de Jekyll, mais Mr Poole et Mr Utterson se montrent obsédés par la nécessité de sauver de l'opprobre le nom de Jekyll, et l'émotion qui est la leur quand, ayant enfoncé la porte, ils découvrent qu'ils ont poussé le pauvre homme au suicide les a sans doute conduits à cette affabulation qui finalement devait causer plus d'ennuis qu'il n'en valait la peine. [...]

Seconde possibilité : Mary a raison et Henry Jekyll a trouvé d'une façon ou d'une autre le moyen de se transformer en un Edward Hyde, un très mauvais sujet sous les traits duquel on ne peut absolument pas le reconnaître. Que cela entraîne une réduction de taille d'environ trente centimètres, un visage tout différent, aussi bien que la suppression des effets de l'âge (car tous ceux qui le voient sont d'accord pour dire que Hyde est petit et jeune) il est difficile de l'admettre mais sûrement Jekyll aurait jugé tout aussi incroyable la transformation d'une suite de points lumineux en images animées, dont pourtant nous ne nous étonnons pas. L'expérience, que l'aimable philanthrope vieillissant avait commencé par simple curiosité, aurait peu à peu échappé à son contrôle, la transformation de Hyde en Jekyll demandant une quantité de plus en plus importante de produit chimique jusqu'à être finalement irréalisable. Il deviendrait ainsi tristement compréhensible que Jekyll se soit enfermé dans son cabinet de travail en un état de désespoir total, sachant qu'il lui était désormais impossible de garder Edward Hyde à distance. Ce n'est pas un sort enviable de partager son corps avec un dangereux criminel, mais dans le même temps partager avec lui sa conscience doit être horrible. La curieuse relation psychologique entre le docteur Jekyll et Mr Hyde pourrait sans doute nous être expliquée par un psychiatre habile à dénouer les fils si étroitement mêlés entre le conscient et l'inconscient. C'est un lien mystérieux et qui vaudrait qu'on l'étudie de près, car n'avons-nous pas tous ressenti à un moment ou à un autre le désir de faire le mal ? N'est-ce pas la crainte que nous éprouvons à reconnaître en nous cette pulsion qui nous porte à insister sur la nécessité d'un ordre social ?

Le Crime étrange de Mr Hyde

Dans *Le Crime étrange de Mr Hyde* [1], Jean-Pierre Naugrette se livre – dans la première partie de son roman, tout du moins – à un brillant et savoureux pastiche [2] du texte de Stevenson en adoptant le point de vue de Mr Hyde. Tout l'intérêt de cette réécriture du Cas étrange est bien là : en racontant sa version des faits et en plaidant délibérément non coupable à propos

1. Actes Sud, 1998.

2 *Pastiche* : œuvre littéraire dans laquelle l'auteur imite le style, les manières, l'histoire d'un autre écrivain.

des crimes qui lui sont reprochés, Mr Hyde vient éclairer d'un jour nouveau une histoire que l'on croyait immuable. Et si Hyde était innocent et si c'était Utterson qui, en dernier ressort, se trompait ? À vous de vous faire une idée…

Je connaissais le quartier comme ma poche. La fillette quel âge pouvait-elle avoir huit ou dix ans tout au plus avait bifurqué vers l'ouest le docteur à ses basques. Il y avait bien un moyen un seul peut-être d'arrêter la scène qui allait suivre. Il existe une ruelle coupant la rue qu'avait prise la fillette vers l'est. Il fallait l'arrêter à tout prix. La chose n'était pas facile. Avec son infirmité il y avait de grandes chances pour que Mr Hyde [1] arrive trop tard. Qu'il se retrouve comme avant à suivre en clopinant le docteur cavalant derrière la fillette. Mais la chance était de mon côté ce soir-là. Je courus de toutes mes forces à perdre haleine hein. Et l'inévitable se produisit. Au carrefour la collision deux corps bolides lancés à toute vitesse oh un corps difforme affreux claudicant d'un côté une douce fillette apeurée de l'autre comment faire pour l'éviter et puis un grand cri qui rameuta tout le quartier cet imbécile d'Enfield qui se mit à sonner la charge et oh voilà toute une troupe à mes trousses alors que j'avais tout fait pour *l'enjamber* ! Et tranquillement comme si de rien n'était le docteur arriva la rage au ventre me fusillant des yeux et pour cause. Je l'avais stoppé net. Il joua parfaitement la comédie le brave médecin de famille. Et les voilà qui font un scandale autour de moi alors qu'il fallait s'en prendre à l'autre. Mais quelle chance de prouver quoi que ce soit ? Que valait ma parole rauque et difforme contre la sienne malgré son accent à couper au couteau ? Que vaut la parole de Mr Hyde ? Oh pourquoi me harcèle-t-on ? Ils voulaient un dédommagement, une compensation. La fillette continuait de hurler et eux exigeaient de l'argent. Cent livres qu'ils voulaient m'extorquer. Ils me tenaient à leur merci. Il a fallu que je les conduise jusqu'à la porte sordide de la

1. *Mr Hyde* : Mr Hyde, qui fait office de narrateur dans le roman de Naugrette, parle parfois de lui à la troisième personne. C'est le cas dans cette phrase.

ruelle. Celle qui donne accès au laboratoire du Dr Jekyll. Ah s'ils avaient su hein. S'ils avaient pu deviner ce qui s'est passé derrière cette porte. Cette porte voyez-vous a une histoire. Une histoire sombre comme cette nuit d'hiver.

En quelques secondes j'ai senti se produire un changement incroyable. Hyde le fugitif celui que le monde extérieur assoiffé d'argent attendait dans la ruelle commençait à refluer à se calmer loin de la foule hurlante à ses trousses. Dès la porte refermée son souffle sembla reprendre un flux normal. À peine entré dans l'étroit couloir circulaire qui évitait l'amphithéâtre pour donner dans le cabinet de Jekyll – peu de personnes hein peu de personnes connaissaient l'existence de ce passage – il eut le pressentiment d'une transformation nouvelle. […] Sans mot dire il ouvrit un tiroir de son bureau d'où il déterra une petite bourse renfermant des pièces d'or et un carnet de chèques. Il eut vite fait de trier les pièces et de compter dix livres. Puis avec son beau porte-plume rouge il signa consciencieusement le chèque tiré sur la banque Coutts. Jusque-là tout s'était relativement bien passé. Mais le temps pressait. La foule attendait dehors. Elle attendait Hyde. Elle voulait son argent. Elle était prête à le lyncher. A lui faire la peau. […]

Le temps pressait. Je [1] sortis à toute vitesse dans la ruelle. Déjà ils me ceinturaient. La famille m'accablait de reproches. Le docteur consolait la fillette qui s'était remise tant bien que mal sur ses jambes. Cet idiot d'Enfield s'empara du chèque d'un air soupçonneux comme si la signature était fausse. Je leur proposai alors en ricanant de rester en leur compagnie jusqu'à l'ouverture de la banque. Ensuite je l'encaisserais moi-même. Le pire c'est qu'ils acceptèrent comme un seul homme. […] Il a fallu attendre jusqu'à huit heures du matin pour aller à la banque dans Regent's Street. Enfield entra le premier moi le dernier vous pensez vu la manière dont j'étais attifé dans cette banque respectable où tout le monde me dévisageait copieusement. Mais je riais sous cape. J'eus toutes les peines du monde à ne pas m'es-

1. *Je* : après avoir parlé de lui à la troisième personne pour évoquer son dédoublement de personnalité, Hyde reprend ici l'usage de la première personne.

claffer quand ce crétin d'Enfield exhibant le chèque d'un air pompeux déclara au caissier qu'il avait toutes les raisons du monde de mettre en doute l'authenticité du chèque. Rien du tout. Le chèque évidemment était authentique. Vous entendez Mr Utterson. AUTHENTIQUE.

Cet extrait du *Crime étrange de Mr Hyde* s'inspire très largement d'un passage célèbre du texte de Robert Louis Stevenson. De quel chapitre du *Cas étrange* rapprocheriez-vous cet extrait ?

Rue Stevenson [1]

Le poète Jacques Prévert s'est essayé lui aussi à réécrire le texte de Stevenson. Voici une version poétique du mythe du Dr Jekyll et de M. Hyde. Vous relèverez dans le texte les jeux de mots utilisés par Prévert pour suggérer le dédoublement.

Le docteur Jonquille sur son petit vélo
s'en va voir sa belle
sa belle Isabelle
qui habite Meudon
Il a du lilas blanc sur son guidon
Sa belle Isabelle
qui habite Meudon
rue Stevenson
Soudain inquiet il se retourne
et voit derrière lui
un autre qui pédale aussi
et qui lui dit
Alors docteur Jonquille
on se croyait tout seul
sur son petit vélo
mais c'est un tandem
et tu n'en savais rien
Il se présente
Monsieur Hydeux

1. In *La Pluie et le beau temps*, Gallimard, 1955.

pour vous servir de double
Et le lilas se fane et devient gris
Une pancarte a beau affirmer
Défense de doubler
Monsieur Hydeux s'en fout
Il double
il ricane comme un petit fou
Et soudain voilà que tu ris
Docteur Jonquille
tu ris du même rire que lui
Pédalons monsieur Hydeux
Pédalons jusqu'à Meudon…
[…]
Soudain rue Stevenson
devant la porte on sonne
Isabelle ouvre la porte
mais c'est monsieur Hydeux qui entre
Le bon docteur court les routes
sans même savoir lesquelles
Isabelle pousse les cris du malheur
car monsieur Hydeux est tout nu
avec à la main le lilas déjà défunt
Il se précipite vers la belle
et l'entraîne vers le lit
en lui disant des mots
particulièrement orduriers
que le bon docteur Jonquille
comme le secret professionnel
gardait précieusement pour lui […]
Pauvre monsieur Hydeux
il a peur du noir
et il voit que la nuit va tomber
Et quand la nuit arrive
son double à lui arrive aussi
et c'est d'une voix désespérée
qu'il dit tout bas Le voici…
Beau nègre tu surgis de derrière le rideau

comme le double noir de la boîte aux dominos
Pauvre docteur Jonquille
Pauvre monsieur Hydeux
Jeux de dominos jeux de quilles jeux de mains jeux de vilain
Ce n'est plus du Je
c'est du catch
et même de l'assassinat
Beau nègre le rasoir à la main
tu te penches sur la belle Isabelle
et tu souris de toutes tes dents
Tu te relèves elle est toute morte
et tu es tout rouge de son sang
Et toi homme rouge
double du nègre noir
soudain parti très brusquement
tu restes impassible et souriant
le rasoir à la main
comme un brave homme paisible
qui se demande seulement
où il a bien pu mettre le savon...
[...]

Docteur Jonquille qui tua sans trop savoir pourquoi
ta pauvre fiancée
tu as la tête dans les mains et te voilà bien avancé
Où en sont tes dernières volontés
un verre de stout une cigarette
et à quoi penses-tu maintenant
Je pense à la guillotine
Mais non docteur Jonquille
nous somme en Angleterre
et ici on pend [...]
Adieu donc docteur Jonquille
je ne te dis pas au revoir
puisqu'on va te pendre
adieu donc malheureux imbécile
et paix à tes cendres.

Docteur Jekyll et Monsieur Hyde

En 1979, Serge Gainsbourg a consacré une chanson au personnage trouble du docteur Jekyll. Plus de cent ans après sa parution, le succès connu par l'œuvre de Stevenson ne se dément toujours pas !

– Hello Docteur Jekyll
– Non je n'suis pas le Docteur Jekyll
– Hello Docteur Jekyll
– Mon nom est Hyde, Mister Hyde
Docteur Jekyll il avait en lui
Un Monsieur Hyde qui était son mauvais génie
Mister Hyde n'disait rien
Mais en secret n'en pensait pas moins.
– Hello Docteur Jekyll
– Je vous dis que je ne suis pas le Docteur Jekyll
– Hello Docteur Jekyll
– Que mon nom est Hyde, Mister Hyde
Docteur Jekyll n'a eu dans sa vie
Que de petites garc's qui se foutaient de lui
Mister Hyde dans son cœur
Prenait des notes pour le docteur.
– Hello Docteur Jekyll
– Il n'y a plus de Docteur Jekyll
– Hello Docteur Jekyll
– Mon nom est Hyde, Mister Hyde
Docteur Jekyll un jour a compris
Que c'est ce Monsieur Hyde qu'on aimait en lui
Mister Hyde ce salaud
A fait la peau du Docteur Jekyll
– Docteur Jekyll, Docteur Jekyll…

À vous de jouer

Menez l'enquête

Un détective atypique

Quel personnage mène l'enquête et traque le mystérieux Edward Hyde ? Ce personnage est-il policier de profession ? À quel personnage de la littérature policière fait-il penser ?

....

....

....

Par quel jeu de mots ce personnage résume-t-il sa partie de cache-cache avec le mystérieux Edward Hyde ? (Complétez l'expression suivante.)

« Puisqu'il est M. ...., je serai M. .... ».

Une ténébreuse affaire

Edward Hyde commet un certain nombre de forfaits, d'actions répréhensibles. Classez-les dans leur ordre d'apparition et retrouvez les témoins de chacune de ces affaires...

1 Edward Hyde assassine un parlementaire respectable du nom de Sir Danvers Carew en le rouant de coups.
2 Edward Hyde piétine, sans raison apparente, une fillette qu'il croise dans la rue.
3 Edward Hyde frappe au visage une femme lui offrant des boîtes d'allumettes.

Affaire n°1 : .... Témoin : ....

Affaire n°2 : .... Témoin : ....

Affaire n°3 : .... Témoin : ....

(Voici, pour vous aider, une liste de témoins possibles : Richard Enfield – Utterson – Lanyon – une domestique assise à sa fenêtre – Poole – personne.)

Les lieux du crime

Retrouvez les principaux lieux où se déroule le récit. Associez chacun de ces endroits à un personnage.

1 Soho	A Lanyon
2 Cavendish Square	B Utterson
3 Gaunt Street	C Edward Hyde

Personnages de la littérature policière

Avec le notaire Utterson, R. L. Stevenson crée un nouveau type de détective privé. Saurez-vous retrouver les écrivains qui ont donné vie à ces personnages célèbres de la littérature policière ?

1 Miss Marple	A Gaston Leroux
2 Le chevalier Auguste Dupin	B Conan Doyle
3 Hercule Poirot	C Léo Malet
4 Le commissaire Maigret	D Agatha Christie
5 Sherlock Holmes	E Georges Simenon
6 Nestor Burma	F Edgar Allan Poe
7 Rouletabille	G Agatha Christie

Les deux font la paire

Deux mystérieux personnages

Le respectable docteur Jekyll et le détestable Edward Hyde ne sont qu'une seule et même personne. Mais Stevenson, dans les huit premiers chapitres, les présente comme deux personnages différents. Choisissez dans la liste suivante les adjectifs s'appliquant au docteur Jekyll et ceux convenant à M. Hyde.

Grand – courtaud – bien fait – difforme – respectable – monstrueux – honnête – diabolique

Dr Jekyll : ....

M. Hyde : ....

Quels sont les indices permettant à Poole, le maître d'hôtel du docteur Jekyll, de distinguer son maître de M. Hyde ? (Entourez les réponses qui conviennent.)

A sa voix
B sa taille
C son regard
D sa main
E sa démarche
F ses habits
G ses cheveux

Deux personnages en un

1 Classez dans leur ordre d'apparition les indices permettant, une fois la nouvelle de Stevenson lue, de comprendre rétrospectivement que le docteur Jekyll et M. Hyde ne sont bien qu'une seule et même personne.

A Après avoir foulé aux pieds une fillette, Hyde répare ses torts au moyen d'un chèque tiré au nom du docteur Jekyll.

B Poole apprend à Utterson que son maître lui demande de courir quotidiennement tous les droguistes de la ville afin de lui rapporter un mystérieux produit.

C Hyde assassine Sir Danvers Carew au moyen d'une canne offerte par Utterson au docteur Jekyll.

D Après l'incident de la fillette, le lecteur ne tarde pas à apprendre que Hyde est l'héritier du docteur Jekyll.

E Peu après le suicide de Hyde, Utterson et Poole constatent que le défunt porte des habits à la taille du docteur Jekyll.

F Enfield et Utterson discutent paisiblement avec le docteur Jekyll, qui est installé à la fenêtre de sa demeure. Soudain, ce dernier rentre précipitamment chez lui. Ne serait-il pas en proie à une de ses crises de dédoublement ?

G Après l'assassinat de Sir Danvers Carew, le docteur Jekyll affirme avoir reçu une lettre écrite de la main de Hyde. Guest, le clerc d'Utterson, découvre cependant que l'écriture de Hyde est en tous points comparable à celle du docteur Jekyll.

Ordre : ....

2 Quel est le premier personnage à révéler dans *Le Cas étrange* la double vie du docteur Henry Jekyll ?

1 le notaire Utterson

2 le docteur Hastie Lanyon

3 le docteur Jekyll lui-même

Êtes-vous un lecteur cultivé ?

Le Cas étrange exploite le thème du double, très fécond en littérature. Associez les mots *double – sosie – alter ego – jumeaux* à la définition qui convient.

1 Dans *Amphitryon*, une comédie de l'auteur latin Plaute, je suis le nom de l'esclave d'Amphitryon dont Mercure prend l'aspect. On m'emploie en français pour dire qu'une personne est la réplique physique d'une autre.

Je suis un : ....

2 Nous nous ressemblons comme des gouttes d'eau. Nous pouvons être vrais ou faux, homozygotes ou hétérozygotes.

Nous sommes des : ....

3 Je suis une locution latine qui signifie littéralement « un second moi-même ». On m'emploie généralement pour désigner l'ami inséparable de quelqu'un.

Je suis un : ....

4 Je suis une chose ou une personne semblable à une autre.

Je suis un : ....

Jeux d'écriture

Un système narratif complexe

1 Dans *Le Cas étrange du Dr Jekyll et de M. Hyde*, combien y a-t-il de narrateurs ?

A un

B deux

C trois

2 Dans les huit premiers chapitres, le narrateur :

A n'est autre que M. Utterson

B s'appelle Richard Enfield

C est anonyme et n'intervient pas dans le cours de l'histoire

3 Quels sont les autres narrateurs du *Cas étrange* (chapitres IX et X) ?

A ....

B ....

Correspondances

1 Dans le chapitre II, Utterson examine le testament du Dr Jekyll. Ce texte précise qu'en cas d'absence inexpliquée de ce dernier, tous ses biens reviendront de droit à

A Utterson

B Edward Hyde

C Hastie Lanyon

2 Dans le chapitre V, Jekyll affirme avoir reçu une lettre de

A Hyde

B Utterson

C Lanyon

3 Pourtant, Guest, le clerc d'Utterson, réalise rapidement que cette lettre est un faux : l'écriture de l'épistolier ressemble étrangement à celle

A de Poole

B de Bradshaw

C du Dr Jekyll lui-même

4 Dans le chapitre VI, Utterson décachette une enveloppe qui lui est envoyée par

A Hyde

B Jekyll

C Lanyon

5 Dans « La narration du Dr Lanyon », ce personnage révèle au lecteur que

A Hyde a commis de nouveaux crimes

B Hyde et Jekyll sont brouillés depuis longtemps

C Jekyll et Hyde ne font qu'un

D Poole est au courant de la double vie menée par son maître

E Jekyll lui a demandé dans une lettre obscure de lui procurer de mystérieux sachets de poudre

6 Dans le chapitre X (« Henry Jekyll fait l'exposé complet de son cas »), le docteur révèle

A qu'il mène depuis longtemps une double vie

B qu'il a perdu toute trace de M. Hyde

C qu'il a définitivement renoncé à sa profession de médecin

Un peu de vocabulaire !

1 Le verbe grec *graphein* (γραφειν) a donné naissance à de nombreux mots en français. Retrouvez-les en vous aidant des définitions placées ci-dessous. (Les tirets correspondent aux lettres manquantes.)

A Document écrit de la main de quelqu'un. (Nom.)
_ _ _ _ GRAPHE

B Manière juste d'écrire un mot. (Nom.)
_ _ _ _ _ GRAPHE

C Se dit d'un document (et notamment d'un testament) écrit en entier de la main de son auteur. (Adj.)
_ _ _ _ GRAPHE

D Étude de la forme des lettres et de l'allure générale de l'écriture permettant de déterminer l'identité et le caractère de celui qui écrit. (Nom.)
GRAPHO – – – – –

E Récit écrit de la vie d'un personnage. (Nom.)
– – – GRAPHIE

2 Retrouvez les mots à partir des définitions suivantes (les tirets correspondent au nombre de lettres manquantes ; la première et la dernière lettres vous sont données).

A Caractère de ce qui est double.

D _ _ _ _ _ É

B Caractère d'une personne qui a deux attitudes, joue un double rôle, mène une double vie.

D _ _ _ _ _ _ _ _ É

C Qui repose sur le concept de dualité, de double.

D _ _ L

D Acteur ou actrice qui remplace en cas de besoin le comédien ou la comédienne initialement prévus pour un rôle ; se dit aussi d'une personne qui vit dans l'ombre de quelqu'un.

D _ _ _ _ _ _ _ E

E Action de dédoubler ; état d'une personne qui présente deux types de comportement, l'un normal, l'autre pathologique.

D _ _ _ _ _ _ _ _ _ _ _ T

GF Flammarion

02/11/98048-XI-2002 – Impr. MAURY Eurolivres, 45300 Manchecourt.
N° d'édition FG208410. – septembre 1998. – Printed in France.